Christiane Schünemann

# Die Frau im Eismantel

Erzählung

Talstr. 7, 18055 Rostock
christiane-schünemann.de

Titelbild: © fotofabrika – Fotolia.com
Gestaltung: Bianka Flemming, Christiane Schünemann
Druck und Bindung: epubli, Berlin
978-3-7418-5495-8

*Danke, Henning.*

## *Prolog*

Auf dem Heimweg von der Penne hatte Walther noch immer den Satz im Ohr, den der Mann im schlecht geschnittenen Präsent-20-Anzug in Anwesenheit des Direktors gesagt hatte: *Sie wollen doch studieren, junger Mann! Sie wollen doch studieren, junger Mann!* Als ob er eine Schallplatte hörte, die einen Sprung hatte.

Zu Hause knallte er die Schultasche auf den Boden. Seine Oma stand plötzlich neben ihm, er hatte sie nicht kommen hören. Er erschrak, als er ihr bleiches Gesicht sah.

Sie hielt einen Brief in den zitternden Händen. »Walther ... ein Brief von drüben ... für dich.«

»Ein Brief von drüben ... für mich?«

»Ich kenne keine Maria Smilonsky, die in der Eggersallee zwei in Hamburg wohnt. Bin nie dort gewesen ... vor dem Mauerbau, aber ...«

»Aber?«

»Schau mal! Es ist die Handschrift deiner Mutter.« Sie gab ihm den Brief.

*Für Walther Winter* stand darauf, *Blücherstraße 69, x25 Rostock*. Die Schleifen der *W*s in seinem Namen sahen tatsächlich so aus wie von ihr geschrieben. Ja, es war unverkennbar ihre Handschrift! Er fühlte die Hitze im Gesicht.

»Entschuldige, ich muss mal kurz allein sein.« Er stürzte an ihr vorbei und lief in sein Zimmer. Dort warf er den Brief auf den dunklen schweren Schreibtisch und trat gegen den Sockel, aber er tat sich nur weh. Er wanderte im Zimmer umher, drei Schritte zur Terrassentür, fünf Schritte zur Tür, sieben Schritte zurück zum Schreibtisch, immer vorbei an dem dunklen Bücherregal.

Die Sekretärin hatte ihm heute mit flatternden Lidern die Tür zum Direktorenzimmer aufgehalten. Direktor Bockholdt, von dem alle Schüler wussten, dass er ein Verhältnis mit der Englischlehrerin Miss Daduna hatte, und der ihm in der vergangenen Woche eine Fünf in Staatsbürgerkunde gegeben hatte, weil Walther der Meinung war, dass Konkurrenzkampf das Geschäft belebt, stand die glänzende Stirn mit dem Taschentuch tupfend neben einem fetten Mann, der sich als Ich-bin-der-Herr-Ziermann vorstellte.

Der Mann öffnete den Anzugknopf, das Hemd spannte über dem fetten Bauch, und setzte sich an den Sprelacarttisch.

»Setzen Sie sich, ich muss mit Ihnen über Ihre Eltern reden.«

Bockholdt nahm ebenfalls Platz.

Walther setzte sich mit klopfendem Herzen auf die Stuhlkante.

Ich-bin-der-Herr-Ziermann blätterte im Notizbuch. »Sie sind also Walther Winter, geboren am 13. August 1954 in Rostock?«

»Ja.«

»Ja! Sie leben seit dem vergangenen Sommer bei Ihren Großeltern väterlicherseits?«

»Ja.«

»Ja! Wo sind Ihre Eltern?«

»Ich weiß es nicht.«

Ich-bin-der-Herr-Ziermann sah ihn streng an. »Sie wissen es nicht?«

»Nein.«

»Nein!«

»Zuerst war mein Vater weg, dann meine Mutter. Einfach verschwunden.«

»Und das soll ich Ihnen glauben?«

»Ja.« Seine Wangen glühten. Das taten sie immer, wenn er beschuldigt wurde, egal, ob er schuldig war oder nicht.

»Ja!« Er blätterte wieder im Notizbuch.

Bockholdt putzte die Brille mit dem stirnfeuchten Taschentuch. Er spuckte auf die Gläser, als ob Fliegendreck daran klebte.

»Sie stehen kurz vor dem Abitur. In einem Gespräch mit Ihrem Klassenlehrer haben Sie gesagt, dass Sie gern Zahnmedizin studieren wollen. Ist das so?«, fragte Ich-bin-der-Herr-Ziermann.

»Ja.« Walther schob verlegen die wilden Locken hinters Ohr.

»Ja! Nun, das war's für heute. Sie können jetzt gehen.«

Walther stand zögernd auf. »Auf Wiedersehen?«

»Auf Wiedersehen! Aber gewiss doch, wir sehen uns wieder. Sie wollen doch studieren, junger Mann!« Ich-bin-der-Herr-Ziermann hatte feist gegrinst.

Walther trat an die Terrassentür und blickte zum Garten hinaus. Das Kirschbäumchen trug die ersten Knospen. Das Bäumchen hatte er mit seinem Opa im letzten Frühjahr gepflanzt. Damals war er nur zu Besuch bei seinen Großeltern gewesen. Nun wohnte er bei ihnen, ein Dreivierteljahr schon. Sie hatten ihm das Gartenzimmer gegeben mit den beiden großen Fenstern und der Terrassentür, damit er viel Licht zum Lernen hatte. Und sie bemühten sich, seine Eltern zu ersetzen, so gut sie es vermochten. Was aber waren das schon für Eltern, die ohne ein Wort gegangen waren?

Entschlossen ging er zum Schreibtisch. Er nahm den Brief seiner Mutter und tütete ihn in einen leeren Umschlag, adressierte ihn ohne Absender an Maria Smilonsky, Eggersallee zwei in Hamburg und klebte eine Briefmarke darauf. Dann hörte er wieder die Schallplatte mit dem Sprung: *Sie wollen doch studieren, junger Mann! Sie wollen doch studieren, junger Mann!* Er schlug mit der Faust auf den Brief.

Die Unruhe trieb Natalie um die Staffelei mit der weißen Leinwand und den bekleckseten Tisch mit den Farben und Pinseln, Bürsten und Spachteln, wieder und wieder.

Vor der Terrassentür hielt sie inne und blickte hinaus. Der Winter hatte ein weißes Tuch über den Garten gelegt, auch über die Terrasse und die Treppe hinab in den Garten. Schon Ende November hatte es das erste Mal geschneit. In drei Monaten erst würde der knorrige Kirschbaum mit den kahlen vereisten Zweigen wieder blühen.

Sie sehnte sich nach den Blüten. Sie sehnte sich nach den Bienen, die summend um die Blüten schwirrten. Sie sehnte sich nach den weißen Laken, die an der Leine über der Wiese im Wind schlugen, auch wenn ihre verstorbene Mutter einmal gesagt hatte: »Es ist gut, wenn die Wäsche einmal durchfriert.«

Bald schon würde die Dämmerung hereinbrechen, sie musste anfangen, wenn sie noch mit Tageslicht malen wollte.

Sie ging zum Regal, das vollgestopft war mit Büchern, Kunstkatalogen, CDs und der Musikanlage.

Sie schob die CD von Debussys *La Mer* in die Anlage und schaltete den Endlos-Modus ein.

Eine Weile lauschte sie der Musik. Die Wellen türmten sich auf und klatschten an das Ufer. Dort brachen sie und zogen sich wieder ins Meer zurück.

Was für eine Unruhe in der Musik war. Sie war auch voll dieser Unruhe, voll Versagensangst. Die Angst kam mit jedem neuen Bild zurück. Dabei hatte sie in all den Jahren gelernt, dem Prozess des Malens zu vertrauen. Ihre besten Bilder waren nicht entstanden, wenn sie malte, sondern, wenn das Bild sich von ihr malen ließ.

Natalie nahm den Ehering und die Armbanduhr ab und legte beides vor die silberne Schatulle auf den schweren dunklen Schreibtisch, dessen fehlenden Sockel sie durch zwei Kunstkataloge ersetzt hatte. Sie zog das Haargummi aus der Tasche ihrer Jeans und band die glatten braunen Haare zu einem Knoten. Sie ging zum Tisch und mischte die Farben.

Am liebsten malte sie mit Acrylfarben, weil sie wasserlöslich waren, und weil man sie sowohl dick als auch dünn auftragen konnte. Sie mischte mehr Farbe an, als sie brauchen würde. Als Anfängerin war es ihr ein paar Mal passiert, dass die Farben nicht gereicht hatten, und beim Nachmischen hatte sie die Töne nicht wieder getroffen. Die schwarze

Farbe würde nur noch für dieses Bild reichen, sie musste neue kaufen.

Sie nahm einen Pinsel und trat vor die weiße Leinwand. Weiß! Kandinsky hatte Weiß das *Schweigen vor der Geburt* genannt. Die erste Berührung mit der Leinwand war wie ein erster Kuss. Hatte sie erst einmal begonnen, hielt sie nicht mehr inne. Debussys Rhythmus übertrug sich auf ihre Hand, die Konturen der Dinge im Raum lösten sich auf, die Unruhe und die Angst auch. Die Tränen spürte sie nicht, sie verlor sich in der Zeit und fand sich auf der Leinwand.

Ein letzter Strich, dann stellte Natalie den Pinsel zu den anderen in den Wasserkrug. Mit dem Ärmel des Flanellhemdes wischte sie die Tränen ab, die Konturen der Dinge im Raum wurden wieder scharf.

Natalie reinigte die Pinsel so gewissenhaft wie ein Sternekoch die Messer, waren sie doch ebenso teuer gewesen, womöglich teurer. Der Pinsel mit den elastischen sibirischen Marderhaaren hatte vierhundert Euro gekostet. Sie löste den Haarknoten und steckte das Gummi wieder in die Jeans. Anschließend ging sie in die Küche und brühte eine Tasse Pfefferminztee auf. Sie trug die heiße Tasse über die knarrenden Dielen ins Atelier und stellte sie neben den Ohrensessel.

Diesen Sessel hatte sie als Kind schon geliebt. Damals hatten die Mohnblumen auf dem schwarzen Samt geleuchtet. Nun sahen die Blumen aus, als seien sie auf dem ausgeblichenen Samt verwelkt.

Natalie sank erschöpft in den Sessel, sie musste lächeln, obwohl sie sich fühlte, als hätte sie den ganzen Tag im Steinbruch gearbeitet.

Sie betrachtete das Bild aus der Distanz: Die Blüten an dem knorrigen Kirschbaum sahen wie weiße Wolken aus. Die Wolken hatte sie mit roter Farbe gebrochen. Als seien es Schneeflocken lagen einige Blütenblätter auf der schwarzen Erde. Schwarz! Kandinsky hatte Schwarz das *Schweigen vor dem Tod* genannt. Der Himmel war eisig blau. Natalie hatte noch nie ein Bild ohne Blau gemalt! In Ausstellungen wurde sie immer magisch von Bildern angezogen, in denen blaue Töne waren.

Sie nahm die heiße Tasse vom Boden, nippte daran und stellte sie wieder ab. Dabei streifte sie das braune Päckchen, das in der Seitentasche der Lehne steckte. Das Päckchen war von ihrer Mutter: »Öffne es erst, wenn du dein Leben nicht mehr aushalten kannst!«

Natalie lehnte sich im Sessel zurück und lauschte erneut der Musik: Die Töne schwollen an und wieder ab. Der Abend kam, die Kirschblüten verschwammen vor dem eisigen Blau.

*

Ein lautes Geräusch ließ Natalie zusammenfahren, sie öffnete die Augen.

Ihr Mann Walther stand wie ein Schattenriss im Türrahmen, die Klinke in der einen Hand, in der anderen hielt er einen Leinensack. »'n Abend!« Er schaltete das Licht an.

Natalie hielt die Hände schützend vor die geblendeten Augen. Wie viele Minuten saß sie schon im Sessel? Oder waren es gar Stunden? Sie wusste es nicht.

»Was tust du gerade?«, fragte er barsch.

»Ich meditiere.«

»Ach ja? Immerhin besser, als wenn du gar nichts tätest.« Er wandte sich zur Staffelei. »Was ist das denn für eine einfältig bekleckste Leinwand?«

»Das ist ein blühender Kirschbaum.«

»Ach ja? Jetzt, wo du es sagst. Du malst blühende Bäume im Winter?«

»Ja. Es gibt ja auch Schriftsteller, die im Frühling Wintergeschichten schreiben.«

»Künstler halt.« Er räusperte sich.

Er trug ein schwarzes Hemd und eine schwarze Hose, wie immer, nachdem er den Zahnarztkittel und die weiße Hose ausgezogen hatte. Er schaltete die Musik aus. Dann ging er zum Schreibtisch, der seinen Großeltern gehört hatte, wie die anderen dunklen Stilmöbel in der Wohnung. Auch die Wohnung hatte seinen Großeltern gehört.

Mit sechzehn war Walther zu ihnen gezogen, da seine Eltern gestorben waren. Es war ein Unglück gewesen. 1970. Ein Jahr vor Natalies Geburt. Seitdem war Walther nicht mehr umgezogen.

Der Großvater war gestorben, als Walther noch studierte. Die Großmutter, als er schon fertig war. Walther hasste Veränderungen. Darum standen die Möbel noch immer am selben Platz. Darum schliefen Walther und sie im Bett seiner Großeltern, deren Foto in Walthers Arbeitszimmer stand. Ein Foto seiner Eltern hatte sie noch nie gesehen. Wann immer sie ihn nach seinen Eltern gefragt hatte, hatte er geschwiegen. Schließlich hatte sie aufgehört zu fragen.

Walther stieß mit dem Fuß gegen die beiden Kataloge und schüttelte den Kopf. Er legte die Hand auf den Deckel der silbernen Schatulle. »Was hortest du hier eigentlich?«

»Ich horte nicht!«

Walther zögerte, dann nahm er die Hand von der Schatulle.

»Ich hüte meine Erinnerungen.«

»Ach ja?« Er ließ den Sack fallen. »Praxiswäsche. Wie immer: waschen, trocknen, bügeln!«

Sie nickte.

»Nati!«

»Du hast Hunger. Ich weiß.«

»Und zieh deine bekleckssten Klamotten aus, bevor du in die Küche gehst!« Sein Handy klingelte. Stirnrunzelnd blickte er auf das Display. Dann stolzierte er hinaus und schloss die Tür.

Er telefonierte immer lange, das Gespräch würde dauern.

Natalie beugte sich zur Tasse hinunter. Dabei fiel ihr Blick wieder auf das braune Päckchen. Sie nahm es heraus und befühlte es, nicht zum ersten Mal. Ein Buch musste darin sein. Aber was sollte sie schon mit einem Buch anfangen, wenn sie ihr Leben nicht mehr aushalten konnte. Womöglich war es einer dieser kuriosen Ratgeber: *Wege aus der Dunkelheit. Ein Zwölfwochenkurs.* Ihre Mutter hätte besser ein Gewehr in das braune Papier wickeln sollen!

Zu spät. Vor zwei Jahren war ihre Urne im Ruheforst Rostocker Heide zwischen den Wurzeln einer Buche nahe der Ostseeküste versenkt worden. Ihre Mutter war immer gern in einem Wald gewesen, und sie hatte das Meer geliebt. *La Mer.*

Natalie schob das Päckchen wieder in die Tasche und stemmte sich aus dem Sessel hoch. Sie nahm die Tasse vom Boden, trank etwas von dem nunmehr kalten Tee und stellte die Tasse auf den

Schreibtisch. Dann band sie die Uhr wieder um und setzte den Ring auf. Nachdenklich drehte sie den Ring an ihrem Finger.

Wie hatte ihre Mutter einmal gesagt: »Die Ehe ist wie eine Festung. Die, die draußen sind, wollen rein. Und die, die drinnen sind, wollen raus.«

Sie hob den Wäschesack auf und trug ihn ins Bad.

Es schneite aus einem steingrauen Himmel und es war, als schneite es Stille.

Natalie schlenderte durch den Lindenpark. Der Park war früher ein Friedhof gewesen. Nach einer Ruhefrist war er entwidmet und umgestaltet worden. Einige Grabsteine standen noch. Moos wuchs auf den verwitterten Steinen.

Waren die Gebeine derer, deren Namen man nur mühsam lesen konnte, noch unter den Steinen begraben? Begraben an diesem Ort vergangener Trauer? Begraben an diesem Ort des Verschwindens?

Sie setzte die Kapuze ihres Lammfellmantels auf. Einige Schneeflocken schmolzen dennoch auf ihrem Gesicht, sie mochte das.

»Snow is falling, snow is falling on the ground, in the forest, in the forest, there's no sound; a shallow grave is where we lie«, sang sie leise im Gehen.

Der Schnee knirschte, wenn die derben Sohlen ihrer Stiefel den Schnee stempelten. Sie erinnerte sich an das Schneehaus ihrer Kindheit. Ihr Vater hatte es mit ihr gebaut, damals im Schneekatastrophenwinter 1979. Das Haus war fortgetaut, und der

Vater war fortgegangen, vor dreißig Jahren schon. Der Vater, der immer zu viel von dem würzig herben Aftershave benutzt hatte, das seine Westtante geschickt hatte.

Als der Vater fort war und mit ihm der würzig herbe Geruch, hatte ihre Mutter seinen Küchenstuhl genommen und in den Keller hinunter getragen. Als sie wieder gekommen war, hatte sie nur gesagt: »Jetzt sind wir nicht mehr drei Stühle, jetzt sind wir nur noch zwei Stühle.«

Ihr war, als stiege der Geruch wieder in die Nase, der Geruch von *Tabac Original*.

Ein vermummter Läufer trabte an ihr vorbei.

Ein schwarzer Vogel flatterte zwischen den dunklen Bäumen dahin, die Bäume sahen aus wie gemalt.

Vor einem riesigen Grabstein blieb sie stehen. In den Stein war die Skulptur einer Frau mit fließendem Gewand eingelassen, so als lehnte sie sich seitlich mit traurig geneigtem Kopf an den Stein. Sie hatte nur noch Armstümpfe, die Stümpfe sahen aus, als hätte jemand die Hände mit dem Schwert abgetrennt. Natalie holte das Skizzenbuch und einen Bleistift aus der Umhängetasche und zeichnete die Frau ohne Hände. Schrieben andere Menschen Tagebuch, so versuchte sie, die Welt malend zu verstehen. Schneeflocken fielen auf das Papier.

Auf einmal hörte sie eine Stimme. Der Klang war tief, klagend. Sie legte den Stift in das Buch und ging, das Buch vor der Brust haltend, der Stimme nach.

Verborgen hinter dicht stehenden Eiben sah sie einen bärtigen Mann mit geschlossenen Augen auf einem gefallenen Baumstamm sitzen. Er war in einen grauen Lodenmantel gehüllt und trug eine graue Pelzmütze. Am Stamm lehnte ein grauer Lederrucksack. Seine Mütze und seine Schultern waren mit Schnee bedeckt, der Baumstamm und der Rucksack auch. »Ele ... wir sehen uns in der JoJo-Bar!« Seine Stimme klang warm.

Natalie näherte sich dem Mann. Die Schneekristalle brachen laut unter den Sohlen.

Erschrocken öffnete der Mann die Augen. Durch die Bewegung fiel Schnee von ihm herab. Er sagte nichts, sah sie nur traurig an.

Sie musterte ihn. Er war älter als sie, wie alt, das war schwer zu sagen.

»Was wollen Sie?« Seine Stimme war dunkel, rauchig.

Gern hätte sie ihn nach dieser Bar gefragt. Sie hob die Schultern und ließ sie wieder fallen. »Nichts will ich.« Mit dem Buch in der Hand hielt er sie womöglich für eine städtische Beamtin. Deshalb verschränkte sie die Hände hinterm Rücken.

»Warum gehen Sie nicht, wenn Sie nichts wollen?«

Natalie sah das dunkel umrandete, ausgefranste Loch in dem Mantel, über der Brust. »Entschuldigen Sie bitte, ich wollte Sie nicht stören.« Sie ging, bog an der nächsten Wegkreuzung ab. Als sie sich weit genug entfernt wähnte, blieb sie stehen.

Sie zeichnete neben die Frau ohne Hände einen bärtigen Mann mit Mütze und durchlöchertem Mantel auf einem Baumstamm sitzend, einen Rucksack, Eiben im Hintergrund. Unter die Zeichnung schrieb sie: *Wir sehen uns in der JoJo-Bar.*

Flocken fielen auf die Frau ohne Hände und den Mann auf dem Baumstamm.

Ein Hund bellte.

Sie drehte sich um.

Angesichts der Dogge vergaß ihr Herz zu schlagen. Die Dogge bellte abermals.

»Elvis tut nix, sonst wäre er ja angeleint«, hörte sie eine Frauenstimme rufen.

Wie sie das hasste!

Die Frau schlurfte heran mit einer Kippe im Mundwinkel. Ihr schwarzer Mantel war mit Silberketten und Sicherheitsnadeln dekoriert. Darunter trug sie einen wallenden schwarzen Rock, der bis zu den klobigen schwarzen Schuhen reichte. Die Augen und der Mund waren schwarz geschminkt.

Schwarz! *Das Schweigen vor dem Tod!*

Die Schwarze sog an der Kippe und blies Natalie grinsend den Rauch ins Gesicht. »Komm Elvis!« Sie schlurfte weiter, und Elvis-tut-nix trottete ihr hinterher. Sie war die perfekte Bewerberin für einen Job in der Geisterbahn.

Natalies Herz schlug weiter. Sie zeichnete die Schwarze und Elvis-tut-nix ins Skizzenbuch. Ob die Schwarze wusste, wer Elvis gewesen war? Sie packte das Buch und den Stift ein. Dann blickte sie auf die Armbanduhr. Falls Walther direkt von der Praxis nach Hause gefahren war, wartete er schon auf sie. Falls! Sie hatte es dennoch nicht eilig. Außerdem musste sie noch Brot kaufen, Äpfel auch.

»Love me tender, love me sweet, never let me go«, sang sie leise.

Es hörte auf zu schneien.

## *Harnisch*

Auf dem Heimweg begegnete Natalie wieder der alten Dame mit den weißen lockigen Haaren im Nerzmantel, die sie schon öfter in der Blücherstraße gesehen hatte. Trotz ihres Alters war sie stattlich, und sie hatte diese auffällige Handtasche im Leopardenmuster dabei. Natalie nickte ihr zu.

Die Dame wandte sich ab, so als sei sie ertappt worden. Falls sie eine Privatdetektivin war, war sie nicht besonders gut. Falls!

Natalie ging die sieben Stufen zum Haus hinauf und trat auf dem Rost die Stiefel ab. Sie schloss den Briefkasten auf, nur sein Name stand auf dem Schild: *Dr. W. Winter.* Sie nahm die Zeitung heraus und überflog die Titelseite: *Erster schwarzer Präsident der Vereinigten Staaten vereidigt.* Dann nahm sie zwei Briefe heraus, dabei klapperte etwas, sie stutzte. Auf dem Boden des Briefkastens lag eine Gabel! Sie nahm die Gabel heraus, sie war aus Silber, ein verschlungenes *W* war eingraviert.

*W* wie Wodrich? Die alte Frau Wodrich, die über ihnen wohnte, verwickelte Natalie immerfort in Gespräche, um sie auszufragen. Hatte Frau Wodrich in ihrer Post herumgestochert?

Natalie steckte die Gabel in die Tasche. Dann öffnete sie die Eichentür und ging durch den Windfang in die Halle mit den dunkel getäfelten Wänden und dem steinernen Kamin.

Dieses Haus musste früher einer wohlhabenden Familie gehört haben. An der Kassettendecke hing ein riesiger geschnitzter Kronleuchter, dessen Holz in all den Jahren dunkel geworden war, so dunkel wie die verzierte Holztreppe, die an einer bunten Glaswand hinauf zur Wohnung von Frau Wodrich führte.

Natalie schloss die Wohnungstür neben dem Kamin auf. Die Tür knarrte, die Scharniere müssten mal geölt werden, wahrscheinlich von dem, den es am meisten störte. Wie gewöhnlich knickste sie vor der Ritterrüstung, die im Flur stand: »Herr Doktor Winter!«

Den Harnisch hatte Walther vor ein paar Jahren auf einer Auktion erworben, als die *Komische Oper Berlin* Requisiten und Gewänder aus dem Fundus versteigert hatte.

Die beiden Briefe – einer war von seiner Bank, der andere von seinem Immobilienmakler – und die Zeitung legte Natalie auf die alte Truhe, über der unordentlich Walthers schwarzer Mantel lag. Seine schwarzen Halbstiefel lagen vor der Truhe.

Sie hängte seinen Mantel an die Garderobe und

stellte seine Stiefel auf. Dann zog sie ihren Mantel aus und hängte ihn an. Sie stellte ihre Stiefel neben seine und nahm die Tasche, die Briefe und die Zeitung mit ins Wohnzimmer.

Der Fernseher lief, aber Walther war nicht im Zimmer. Er fühlte sich immer wie verlassen, wenn er allein zu Hause war. Einmal war er sogar zurück in seine Praxis gefahren und hatte dort lieber Schriftkram erledigt.

Geschirr klapperte in der Küche.

Sie ging zu ihm.

»Nati! Wo bist du gewesen?«, fragte er gereizt.

»Ich war spazieren.«

»So lange?«

»Ja. Die Zeitung und Post für dich.« Sie legte beides auf das Küchenbüfett neben seine Zigarettenschachtel.

»Ich hasse ein leeres Nest!«

»Ich weiß.«

»Wie war es?«

»Weiß und kalt.«

»Unser Herd war auch kalt.«

»Ist er denn nun warm?«

»Nein!« Er setzte sich an den gedeckten Tisch. »Wenn du ein Handy hättest, könnte ich dich wenigstens erreichen.«

Natalie wollte gar nicht erreichbar sein. Sie holte

die Äpfel mit der rauen Schale aus der Tasche und legte sie in die blau-weiß gestreifte Schüssel auf dem Küchentisch. In dieser Schüssel hatte ihre Mutter immer den Kuchenteig gerührt. Im Uhrzeigersinn, sonst gelänge der Kuchen nicht!

»Boskoop! Obwohl du genau weißt, dass ich diese sauren Äpfel nicht mag!« Walther schüttelte den Kopf.

»Ich mag sie.« Das stimmte nicht, denn sie aß die Äpfel nur aus Protest.

»Brot ist auch alle.«

»Brot habe ich auch gekauft.« Sie schnitt ein paar Scheiben ab und legte sie in den Brotkorb. Dann setzte sie sich zu ihm, an den Tisch mit zwei Stühlen.

Schweigend schmierten sie die Brote und aßen.

»Wie viele kariöse Zähne hast du heute plombiert?«, fragte Natalie nach einer Weile, um das Schweigen zu brechen.

»Keine Ahnung.« Er blickte mürrisch auf den Teller.

Sein Gesicht war fahl, zerfurcht. Er rauchte zu viel, war ständig heiser. Auf einem Foto aus seiner Oberschulzeit hat er wilde dunkle Locken. Jetzt trug er die Haare lieber kurz. Sie waren immer noch dunkel, nur die Schläfen waren grau, und hinterm Ohr hatte er eine weiße Strähne. Sie glaubte ja, er nahm den Rosenbohrer in die Hand, sobald ein Patient nur die Klinke seiner Praxistür berührte. Aber vielleicht tat sie ihm unrecht, seine Patienten mochten ihn, die weiblichen besonders.

Er hatte ihr auch vor der Wurzelbehandlung die Hand gestreichelt. Es war in dem schneereichen Winter 1996 gewesen. Sie hatte danach Schnee in einen Plastikbeutel gefüllt und die geschwollene Wange gekühlt. Als die Wange abgeschwollen war, hatte *Herr Doktor Winter* sie zum Essen eingeladen. Er war zuvorkommend und großzügig gewesen, anders als die Männer ihres Alters.

»Bring ja keinen Pflegefall mit nach Hause!«, hatte ihre Mutter gemahnt, als Natalie erzählt hatte, dass sie mit einem siebzehn Jahre älteren Mann ausgehen würde. Als Natalie dann Walther mit nach Hause gebracht hatte, hat ihre Mutter geschwiegen!

Walther stand auf, nahm die Zeitung, die Post und die Zigaretten und ging ins Wohnzimmer. Das würde also wieder einer dieser Abende mit Bild- und Tonstörung werden. Er war zuvorkommend und großzügig gewesen!

Natalie räumte den Tisch ab.

»Mit dem Gürtel, mit dem Schleier ist der schöne Wahn vorbei«, hatte ihre Mutter nach der Trauung geflüstert. Neun Jahre war das her, es war eine Trauung zu dritt: er und sie und ihre Mutter. Weder er noch sie hatten Geschwister.

Natalie ging ins Atelier.

Der Kirschbaum blühte noch immer auf der Staffelei, und sie hatte noch nicht den Titel der Musik auf die Rückseite der Leinwand geschrieben, die sie beim Malen geführt hatte.

Sie nahm einen Bleistift, schrieb *Debussy La Mer* und *19. Januar 2009* auf den Rahmen und stellte das Bild an die Wand zu den anderen bemalten Leinwänden: Weidenknospen im Eismantel. Zwei Zitronen. Mohnblumen. Blaue Flaschen. Das Portrait ihrer Mutter. Natalie seufzte. Ein Portrait von Walther hatte sie auch gemalt, es stand vermutlich hinten, direkt an der Wand.

Dann nahm sie die silberne Schatulle vom Schreibtisch und setzte sich in den Ohrensessel mit den verblichenen Mohnblüten.

Als Kind hatte sie oft in dem Sessel gesessen. Auf dem Schoß ihrer Mutter hatte sie den Märchen gelauscht, die sie ihr vorgelesen hatte.

Ihre Mutter hatte sich nie geschminkt, aber jeden Tag ein Parfüm benutzt. Sie hatte immer so angenehm gerochen, nach Rosen, Veilchen und Vanille.

Natalie schminkte sich ebenfalls nicht und benutzte wie ihre Mutter jeden Tag ein Parfüm: *Kenzo Amour.* Sie liebte diese Mischung aus Vanille, Kirsche und Holz.

Natalie öffnete die Schatulle, die Fotos ihrer Kindheit waren darin.

Ihre Mutter hatte es nie geschafft, die Fotos in ein Album zu kleben. Kurz vor ihrem Tod hatte sie Natalie geraten, nur drei Dinge zur Erinnerung aufzubewahren. »Du hast dein eigenes Leben und musst dich nicht mit meinem Kram belasten.«

Die drei Erinnerungen waren der Ohrensessel, die blau-weiß gestreifte Schüssel und die silberne Schatulle mit den Fotos.

»Dreh dich nicht um! Sie kommen, um mich zu holen«, das waren ihre letzten Worte gewesen.

Natalie hatte an ihrem Bett gesessen und ihre Hand gehalten, sie wusste nicht, wie lange. Eine Zeit lang war es gewesen, als lächle ihre Mutter.

Natalie hatte gehofft, dass das Lächeln ein Zeichen dafür war, dass ihre Mutter gut auf der anderen Seite angekommen war. Noch auf dem Totenbett sitzend hatte sie ihre Mutter gezeichnet, mit dem Lächeln. Diese Zeichnung bewahrte sie auch in der Schatulle auf.

Sie zog die Zeichnung heraus und fuhr zärtlich mit den Fingern darüber. Ihre tote Mutter zu malen hatte sie bislang nicht vermocht, vermutlich konnte sie es erst tun, wenn der Abschied nicht mehr wehtat. Sie legte die Zeichnung zurück und zog das Foto von ihrer Einschulung heraus.

Eine trotzige Siebenjährige mit schiefgeschnittenem Pony im Matrosenkleid und mit weißen Kniestrümpfen, die mit zu großer Schultüte zwischen ihren Eltern steht.

Ihre Schultüte war die größte von allen gewesen, aber die anderen in der Klasse hatten ja nicht gewusst, dass die halbe Tüte mit Zeitungspapier ausgestopft gewesen war.

Sie betrachtete ihre Eltern, die sich damals noch geliebt hatten. Die glatten braunen Haare hatte sie von ihrem Vater geerbt, die hagere Figur von ihrer Mutter. Schließlich legte sie das Foto in die Schatulle und ließ den Deckel auf die Vergangenheit fallen.

Sie brachte die Schatulle zum Schreibtisch und ging zur Terrassentür. Im orangen Schein der Straßenlaterne glitzerte der Schnee. Im Schnee waren Spuren!

Sie öffnete die Tür und betrachtete die Spuren. Jemand musste von der Straße her durch den Garten, die Treppe hinauf auf die Terrasse gekommen sein und durch die Fenster ins Atelier gespäht haben. Jemand? Den Spuren nach war es eine Frau gewesen, eine Frau mit großen Füßen, etwa Größe vierzig. Vielleicht die alte Frau Wodrich? Aber die war klein und trug bestimmt keine Größe vierzig.

Natalie schloss die Tür und zog die dunklen Vorhänge zu.

Kein Büchsenlicht in dieser Nacht! Die schmale Sichel warf fahles Licht, der Frost riss die Rinde, das Holz knackte.

Der Atem gefror zu Eis im Bart. Der Mantel, die Fellmütze, die Filzstiefel, der Rucksack und die Handschuhe waren die einzigen Sachen seines Vaters, die Michael Maronde aufgehoben hatte. Er hätte nicht gedacht, dass er sie zehn Jahre später benutzen würde.

Michael fasste an die Brust und kontrollierte, ob die Brieftasche noch in der Brusttasche steckte. Darin war auch eine Visitenkarte seiner Sekretärin Judith, für den Fall, dass ihn jemand finden würde. Dabei fühlte er das Loch im Mantel. Trug er den Mantel, weil er weidwund wie sein Vater war, als der ihn das letzte Mal getragen hatte?

Die Bleikugel aus dem Gewehr seines Onkels war nach einem Hundertfünfzigmeterflug gegen einen Stein geprallt, ein Splitter hatte die Brust seines Vaters getroffen. Brudermord. Das ballistische Gutachten hatte jedoch ergeben, dass es ein Jagdunfall gewesen war, trotzdem mied er seinen Onkel seitdem.

Die letzten Worte, die Michael mit seinem Vater gewechselt hatte, waren Worte des Zorns gewesen. Sie hatten sich gestritten, heftig gestritten, weil Michael die falsche Tabaksorte für ihn gekauft hatte. Aber wie hätte er wissen können, dass es die letzten Worte gewesen waren?

Es raschelte in der Nähe.

Er lüftete kurz die Ohrenklappe und horchte. Stille Nacht? Von wegen, die Nacht lärmte.

Wenn er sich bewegte, machte der Loden keine Geräusche. Die Zehen fühlten sich taub an. Er stand vom Baumstamm auf, ging umher, hüpfte und stampfte. Dabei stieß er mit dem Kopf gegen einen Ast, Schnee fiel in den Kragen, er schüttelte sich. Auch das noch!

Michael hatte gehofft, die extreme körperliche Erfahrung würde den Schmerz lindern, aber der Schmerz ließ nicht nach, nein.

In der Ferne heulte ein Hund. Michael musste an seinen Mieter in der Mansarde denken: Benno Schlottke, jünger als er, so Mitte dreißig.

Schlottke trug sommers wie winters den schwarzen Staubmantel aus Leder und sah aus, als könne er einem die Lichter zudrücken. Aber Schlottkes Mutter brachte ihm jeden Tag das Mittagessen!

Eines Abends, Ele hatte schon geschlafen, war Michael noch auf den Balkon gegangen, um eine

Pfeife zu rauchen. Da hatte er ein Heulen gehört, es klang wie das Heulen eines Wolfs. Eines Werwolfs? Das Heulen kam von oben, aus der Mansarde.

Schlottke hatte schon in dem Haus gewohnt, als Michael es gekauft hatte, er wusste, dass Schlottke Diabetiker war. Der Mann war ihm unsympathisch, aber ihn verenden zu lassen, brachte er auch nicht fertig.

Er stieg die Treppen zur Mansarde hoch und hämmerte mit der Faust gegen Schlottkes Tür.

Nach einer Viertelstunde öffnete Schlottke endlich, er stand schwankend im Rahmen und sah aus, als sei er im Rausch. Er sagte, dass er sich Insulin gespritzt hatte, bevor er etwas essen konnte, sei er eingeschlafen, mit ihm sei alles in Ordnung.

Am nächsten Morgen hatte Michael eine Flasche Rotwein vor der Wohnungstür gefunden. *Dahnke!* hatte auf dem Etikett gestanden.

Der Hund heulte wieder.

Ein Werwolf?

Von wegen, der da heulte, war nur ein unterzuckerter Diabetiker.

Als Michael die Zehen fühlte, setzte er sich wieder auf den Baumstamm. Er stellte sich vor, wie er in einer Sauna säße und wohlige Wärme seinen Körper flutete. Der Kopf sackte hinunter auf die Brust.

Auf einmal wurde es hell. Er stand auf einer hohen Mauer.

Neben ihm stand Ele. Sie trug das weiße Kleid, das Licht schien durch sie hindurch, sie lächelte.

Er sprang zuerst, dann hielt er die Arme auf, um sie auffangen zu können.

Ele sprang in seine Arme, aber er konnte sie nicht spüren. Sie sprach nicht, aber er verstand sie trotzdem: *Du weißt ja, dass ich jetzt viel besser springen kann als du!*

Eine Eule rief.

Michael wachte auf, der Moment des Friedens verflog, sein Nacken schmerzte. In der Dunkelheit fühlte er wieder die Leere, die er zu vergessen suchte.

Einen Tag nach Eles Beerdigung hatte es das erste Mal geschneit. Aus dem Schneebett hatten nur die roten Rosen geragt, die kleine gestutzte Weide daneben hatte eine weiße Haube getragen, als beschirme sie das Grab.

Es war der letzte Freitag im November gewesen. Nach dem Friedhof war er ins Büro gefahren und hatte Judith Eles Schlüssel gegeben, damit sie sich bitte um seine Wohnung kümmerte und den Briefkasten leerte; Zeit der Heimkehr ungewiss. Dann hatte er den Wagen in die Garage gebracht und war noch einmal in die Wohnung gegangen, in der er es nicht länger ausgehalten hatte. Nachdem er die Sachen seines Vaters angezogen und den Rucksack gepackt hatte, war er mit dem nächsten Zug nach Rostock gefahren.

Er wischte die Tränen mit dem Fäustling ab, die Handschuhe fühlten sich durchlässig an, die Finger froren darin.

Die Eule rief wieder, mit dem weichen Federkleid bewegte auch sie sich geräuschlos durch die Nacht.

Michael nahm den Pfeifenbeutel aus dem Rucksack und befühlte mit klammen Fingern das weiche braune Leder. Den Beutel hatte Ele ihm zu seinem siebenundvierzigsten Geburtstag im vergangenen Mai geschenkt. Er nahm die Pfeife heraus, die Tabaksdose und den Pfeifenstopfer, er stopfte die Pfeife, oben fester als unten. Mit dem Feuerzeug zündete er die Pfeife an, eine horizontale Flamme in der Nacht, bis die gesamte Fläche im Pfeifenkopf glomm. Er zog vorsichtig an der Pfeife, nur so viel, damit sie nicht ausging, eine kühle Pfeife schmeckte besser. Aber seit Eles Tod hatte ihm keine Pfeife mehr geschmeckt. Ab und zu drückte er mit dem Stopfer leicht auf die Brennfläche des Tabaks, damit er gleichmäßig glomm.

Nebelschwaden durchzogen den Park, sie sahen aus, als stiegen sie aus der schneebedeckten Erde, Hexenbrauen hatte sein Vater sie genannt.

Michael zog an der Pfeife, bevor er den trockenen und kühlen Rauch ausstieß, behielt er ihn einen Moment im Mund. Der Rauch schmeckte fade, kaum nach Vanille. Er rauchte nur noch, weil er das Ritual mochte.

Er ließ die Pfeife ausgehen. Als sie erkaltet war, reinigte er sie und steckte sie in den Beutel. Im Rucksack fand er noch einen Müsliriegel. Der Riegel wärmte ein wenig den Bauch. Er öffnete den oberen Mantelknopf und hauchte den Atem in den Mantel.

Als Ele noch lebte, war der Film seines Lebens mit doppelter Geschwindigkeit abgespult worden. Jetzt wünschte er, die Tage wären nur halb so lang, vor allem die Nächte!

Der Nebel verdichtete sich.

## *Frost*

Der Januar war eiskalt, wie ungewöhnlich nach zwei so milden Wintern.

Wäre es vor zwei Jahren auch so eisig gewesen, hätte der Förster kein Grab neben der Buche im Ruheforst ausheben können.

Natalie schlenderte durch den Lindenpark. Der Schnee war schmutzig, schon eine Woche alt. Überall waren Spuren, an manchen Stellen sah sie das gefrorene Laub unterm Schnee.

Zwei Frauen standen schwatzend auf dem Weg. »Womöglich finden die Kinder ihn steif gefroren auf dem Weg zur Schule.«

»Die kriegen ja einen Schock!«

»Und die Zeitung eine Titelzeile: *Obdachloser im Rostocker Lindenpark erfroren.*«

Der Mann im Lodenmantel!

Natalie hatte nicht länger an ihn gedacht. Sie ging zu den dicht stehenden Eiben.

Der Mann saß wieder mit geschlossenen Augen auf dem Baumstamm.

Natalie zögerte erst, dann ging sie zu ihm, das gefrorene Laub knackte unter den Stiefeln.

Der Mann erschrak. Nach einer Weile holte er

aus dem Rucksack einen teuer aussehenden braunen Lederbeutel. Er öffnete den Beutel und holte eine Pfeife heraus. Er stopfte die Pfeife mit dem Tabak aus einer silbernen Dose, auf deren Deckel eine Kutsche abgebildet war. Die Dose war halb leer. Trotzdem faltete er sorgsam das plissierte Papier zusammen, legte die Pappe mit der bunten Werbung wieder darauf und schloss die Dose.

Mit einem silbernen Feuerzeug zündete er die Pfeife an und sog daran. Dabei entblößte er ein wenig seinen Unterarm, er trug eine viereckige Titanuhr mit blauem Ziffernblatt und blauem Lederarmband. Die Hände sahen gepflegt aus. Die Pfeife schien ihm auszugehen, denn er zündete sie mehrfach an.

»Darf ich mich zu Ihnen setzen?«

Er schwieg.

Sie setzte sich.

Er rührte sich nicht.

»Ihr Tabak duftet nach Vanille.«

Er sah sie an.

Die verschieden farbigen Augen verwirrten sie, das eine war hellbraun, und das andere war wasserblau. Sie hustete verlegen.

Er lachte.

»Kann ich Ihnen helfen?«

»Ich brauche Ihre Hilfe nicht!«

Sie fuhr zusammen.

»Entschuldigen Sie bitte, ich wollte Sie nicht erschrecken.«

Natalie spürte die Schwingungen seiner tiefen Stimme über den Baumstamm, so etwas hatte sie noch nie erlebt. Sie war unmusikalisch, ja, obwohl es niemand sein soll, aber sie hatte ein Gehör für Stimmen.

Wenn Walther abends fernsah, konnte sie die Stimmen der Synchronsprecher den Schauspielern zuordnen, ohne sie sehen zu müssen.

»Kann ich Ihnen wirklich nicht helfen?«

Er sog an der Pfeife und drückte den Stopfer auf den glühenden Tabak. Er behielt den Rauch einen Augenblick im Mund, dann stieß er ihn aus. »Nein! Können Sie nicht.« Er sah sie fest an.

Sie konnte seinem Blick nicht standhalten und sah hinab auf das Kinn. Im Kinn hatte er ein Grübchen, der Bart wuchs dort nur spärlich.

Als sie die Kälte spürte, stand sie auf. »Auf Wiedersehen.«

»Besser nicht!«

Sie ging, drehte sich aber noch einmal nach ihm um. Er rauchte, die Augen hatte er wieder geschlossen.

Vier Obdachlose waren schon in Deutschland erfroren, darunter ein Mittfünfziger aus Wismar.

Ja, die Kinder werden sich erschrecken, wenn sie ihn steif gefroren finden!

Wenn Walther morgens aufstand, war es, als zöge das Heer in den Krieg. Er trank nur Kaffee, die Kaffeemaschine hatte Natalie schon am Abend vorbereitet, er brauchte sie nur noch anzuschalten.

Er kam ins Schlafzimmer und zog ihr die Bettdecke weg. »Früher Vogel fängt den Wurm! Ich weiß noch nicht, wann ich heute Abend nach Hause komme. Bis dann.«

Natalie zog den Bademantel an, öffnete das Fenster und schlug die Bettdecken zum Lüften auf. Im Wohnzimmer sammelte sie Walthers Sachen auf, die verstreut auf dem Boden lagen. Sie trug die Hausschuhe in den Flur, den Bademantel und den Schlafanzug ins Bad. Dort hob sie das nasse Handtuch auf und hängte es zum Trocknen auf.

In der Küche goss sie sich eine Tasse Kaffee ein, der erste Schluck heißen Kaffees war das Beste am Morgen. Sie nahm die Tasse mit ins Atelier und setzte sich in den Ohrensessel.

Sie nippte an dem Kaffee und betrachtete die Leinwand mit dem blühenden Kirschbaum: Ein alter verkrüppelter Baum in seiner schönsten Pracht. Als Kind hatte sie viel über Schönheit nachgedacht.

Sie hatte immer gehofft, jemand würde ihr beibringen, was schön ist, als sei Schönheit ein objektiver Begriff! Sie war immer auf der Suche nach Schönheit gewesen, diese Suche beseelte sie, trieb sie an in ihrer Malerei.

Andere Frauen erzogen, heilten, lehrten. Und was tat sie? Sie bereitete sich Tage und Wochen vor, um Kirschblüten zu malen, Zitronen, Mohnblumen, Flaschen. Nein, sie bekleckste einfältig Leinwände!

Es gab Maulwürfe, und es gab Grillen. Waren aber die Grillen weniger wert als die Maulwürfe?

Und es gab Menschen, die nicht wussten, wie sie durch den Tag kommen sollten. Der Mann im Lodenmantel fiel ihr ein.

Natalie duschte, zog sich an und ging in die Küche. Sie setzte einen Topf Wasser auf. Dann schälte sie ein Stück Ingwerwurzel und schnitt es in dünne Scheiben. Sie goss etwas vom heißen Wasser zum Vorwärmen in die Thermoskanne. Dann gab sie die Ingwerscheiben in das kochende Wasser, setzte den Deckel auf und ließ den Ingwer köcheln. Sie drückte eine Zitrone aus, da knarrte die Wohnungstür, die Dielen knarrten, Schranktüren klappten.

»Nati?« Walther kam mit einem Ordner unterm Arm in die Küche, den schwarzen Mantel hatte er nur aufgeknöpft. »Was machst du denn hier? Um diese Zeit schon!«

»Ich koche Ingwerwasser.«

»Warum?« Er blickte auf die Thermoskanne.

»Ist gut gegen Kälte.«

»Fängt der frühe Vogel heute den Wurm?« Er fixierte sie.

Sie hielt mit klopfendem Herzen seinem Blick stand.

»Gibt es etwas, das ich wissen müsste?«

»Nein.« Sie hielt den Atem an.

»Na dann ist es ja gut!« Er ging.

Wahrscheinlich wollte er mit seinem Steuerberater über eine neue Immobilie reden, vielleicht legte er eines Tages den Rosenbohrer aus der Hand.

Als sie die Tür ins Schloss fiel, atmete sie erleichtert aus. Warum? Sie tat nichts Unrechtes, er dagegen kam in letzter Zeit manchmal spät nach Hause, in einen blumigen Duft gehüllt.

Sie wollte nur einem Mann, der kein Dach über dem Lodenmantel hatte, heißes Ingwerwasser bringen. Sein früher Vogel konnte sie mal!

Sie leerte die Thermoskanne und goss das Ingwerwasser hinein. Dann gab sie noch Honig und Zitronensaft dazu.

Bevor sie die Wohnung verließ, schloss sie das Fenster im Schlafzimmer.

Michael hatte die Augen geschlossen. Er hörte langsame Schritte im Schnee, die lauter wurden und direkt vor ihm verstummten, er schlug die Augen auf. Womöglich hätte er sich gewundert, wenn sie nicht wieder gekommen wäre.

»Darf ich mich zu Ihnen setzen?« Die Frau im Fellmantel setzte sich auf den Baumstamm.

»Sie sitzen ja schon.«

Sie ignorierte die Spitze. Aus der Tasche holte sie eine Thermoskanne, sie schraubte den Becher ab und goss eine helle dampfende Flüssigkeit hinein. »Das ist Ingwerwasser«, sagte sie mit rauer Stimme und reichte ihm unbeholfen den Becher, ein Ehering zierte die feingliedrige Hand. »Ist gut gegen Kälte. Wirkt aber nur, wenn es heiß getrunken wird.«

Er zögerte.

»Bitte!«

»Danke.« Er nahm den dampfenden Becher und kostete. Das Ingwerwasser schmeckte herb, das mochte er, und es war wirklich heiß.

Sie stellte die Kanne in den Schnee. »Darf ich Sie etwas fragen?«

»Fragen Sie! Sie werden es ohnehin tun.«

»Sind Sie immer hier im Lindenpark? Ich meine ... Tag und Nacht?«

»Nein.« Er trank das Wasser schluckweise.

»Was tun Sie sonst?«

»Manchmal suche ich Wünsche.«

»Wünsche? Die sucht man doch nicht, die hat man.«

»Nun ja. Es sind auch eher Scherben.«

»Scherben?«

»Ja. Manchmal sitze ich auch in einem Waschsalon oder in einer Bibliothek und lese.«

»Sie lesen?«

»Dachten Sie, ich sei Analphabet?«

»Nun. Das nicht.«

»Zuweilen muss man in eine andere Geschichte kriechen, wenn man die eigene nicht mehr aushalten kann.« Das Wasser wärmte ihn, er begann sogar zu schwitzen. »Ihr Wunderwasser wirkt. Ich fühle mich schon wie im Bratschlauch.«

»Das ist gut.« Sie lachte kurz, dann wurde sie wieder ernst. »Erzählen Sie mir, was Sie nicht aushalten können?« Ihr Blick huschte zwischen seinen Augen hin und her.

Er war es gewohnt, dass seine Augen die Leute irritierten. »Sie duften nach Vanille. Und nach Kirsche. Und nach Holz. Lassen Sie mich raten: *Kenzo*

*Amour?*«

Sie öffnete die vollen Lippen, was sie trotzig aussehen ließ. Die Fellkapuze bedeckte nicht ganz das eichhornbraune Haar. Ein paar Strähnen fielen ihr ins Gesicht. Sie hatte dichte Brauen und eisblaue Augen.

»Ein angenehmer Winterduft. Für den Sommer wahrscheinlich zu schwer.« Er atmete tief ein. »Es war am neunzehnten November zur Mittagsstunde. Ele – meine Frau – lag seit Tagen im Bett und hatte nichts mehr gegessen, nichts mehr getrunken. *Wir sehen uns in der JoJo-Bar!* Danach hatte sie nicht mehr gesprochen. Ich ging nur kurz in die Küche, da ich hungrig war. Als ich wieder ins Zimmer kam, atmete sie nicht mehr ... Es war still. Ich setzte mich auf ihr Bett. Sie sah aus, als schliefe sie ... Bis in die Nacht hinein spürte ich ihre Gegenwart. Ich weiß nicht wie, ich könnte es nur mit *es lag was in der Luft* beschreiben ... Dann war sie gegangen. Und es war ... kalt geworden.« Er konnte die Tränen nicht zurückhalten. »Ich mache mir Vorwürfe, dass ich sie im Moment ... dass ich sie allein gelassen habe.«

Die Frau legte ihre Hand auf seine, ihre Hand war weich und warm. »Vielleicht hat ihre Frau aber auch gewartet, bis sie allein war?«

»Glauben Sie?«

»Ich weiß es nicht.«

»Wer hat sich verabschiedet? Sie, die gegangen ist, oder ich, der bleiben musste?«

»Darüber müsste ich erst nachdenken ... Wie alt war Ihre Frau?«

»Neunundvierzig.«

»Und woran ist sie ...«

»Brustkrebs.«

»Und was war sie?«

»Schauspielerin. Hier in Rostock hatte sie studiert. Sie hatte damals in der Nähe gewohnt, am Saarplatz. Wann immer wir Zeit hatten, sind wir von Leipzig nach Rostock gefahren. Und nach Warnemünde. Dort am Meer hat sie gern ihre Texte auswendig gelernt, im Gehen. Vielleicht bin ich ja hier, um sie zu suchen, um sie zu finden.«

Ein heiseres Lachen hinter den Bäumen brach die Stille.

Die Frau zuckte zusammen.

»Jeder Penner, der bei Minusgraden draußen übernachtet, erfriert. Wie stellt dieser Penner es an, dass er es nicht tut? Der Teewärmer auf dem Kopf sorgt wenigstens dafür, dass ihm die Ohren nicht vom Stamm fallen.«

Dieser Choleriker im schwarzen Mantel musste sie schon länger belauscht haben. Welche Geduld musste er aufgebracht haben, um sich erst jetzt vor ihnen für den Theaterdonner aufzubauen?

Michael schwieg.

Die Frau auch. Sie saß wie erfroren neben ihm.

»Nati, hättest du dir nicht einen besseren Liebhaber aussuchen können? Dein Prinz ist ein Bettelknabe!« Der Choleriker stieß mit dem Fuß gegen Michaels Rucksack, der Rucksack fiel um.

Michael wischte mit dem Mantelärmel die Tränen ab.

»Ach ja! Drückt er auf die Drüsen, damit du ihm Geld gibst? Aber der Penner kann ja nicht wissen, dass du auch keins hast!« Er lachte wieder sein heiseres Lachen. »Na, dann gehe ich mal wieder Quecksilberdämpfe atmen, damit du tuschen und spielen kannst.« Der Platzhirsch zog orgelnd von hinnen.

Er schritt, als sei er noch immer nicht von der Bühne abgegangen.

Die Frau rührte sich nicht.

»Den König spielen immer die anderen«, sagte er nach einer Weile.

»Was bedeutet das?«

»Das ist eine Theaterregel. Der König kann sich nicht selbst spielen. Erst, wenn sich die anderen Schauspieler vor ihm verneigen, wird er erhöht.« Michael trank den Becher leer. Dann schüttelte er ihn über dem Schnee aus und schraubte ihn auf die Kanne. »Vielen Dank. Ihr Heißgetränk hat mich gewärmt. Ihr Mitgefühl auch.« Er reichte ihr die Kanne. »Sie haben sich in diesem Park verirrt.«

Die Frau nahm die Kanne. »Und Sie?«

»Ich auch.«

»Und wie kommen wir da wieder hinaus?«

»Vielleicht irren wir noch eine Weile herum, aber womöglich gibt es einen Weg, den wir zusammen gehen können.« Er erschrak. Was hatte er da eben gesagt? Ihm war, als hätte ein anderer diese Worte gesagt.

»Sie meinen: Zwei Ertrinkende, die sich gegenseitig zu retten versuchen?« Sie lachte kurz. »Ich weiß nicht. Was mein Mann zu Ihnen gesagt hat, tut mir leid.« Sie stand auf. »Auf Wiedersehen?« Sie lächelte, dann ging sie.

Er guckte ihr hinterher. Sie war etwa einen Meter siebzig groß, schmal, in dem Fellmantel steckte nicht viel. Der Choleriker hatte sie Nati genannt.

Einmal noch hielt sie an und drehte sich nach ihm um. Dann eilte sie davon.

Michael stellte den Rucksack auf und nahm den Pfeifenbeutel heraus. Mit dem letzten Tabak stopfte er die Pfeife. Es war an der Zeit, neuen Tabak zu kaufen.

Als er die leere Tabaksdose wieder verschließen wollte, fiel der Pappdeckel in den Schnee. Er hob ihn auf und betrachtete nachdenklich die papierfarbene Seite. Vielleicht war es auch an der Zeit, nach Hause zurückzukehren.

Nach Hause?

Der Schmerz war geblieben. Schlimmer noch, die Füße waren geschwollen und schmerzten auch.

Nach Hause!

Wenn kein Zug mehr fuhr, würde er sich ein Taxi nehmen. Er steckte die gestopfte Pfeife in den Beutel. Im Rucksack suchte er nach einem Kugelschreiber, dabei fühlte er das Seeglas, das er in Warnemünde am Strand gefunden hatte.

Es waren drei blaue Scherben.

Natalie blickte auf die Armbanduhr: schon halb fünf. Sie trank den Pfefferminztee aus, zahlte und verließ das Café im Klosterhof.

Sie ging über den Universitätsplatz, vorbei am *Brunnen der Lebensfreude*, den die Rostocker *Pornobrunnen* nannten. Die nackten Skulpturen trugen ein Kleid aus Schnee.

Vor dem Brunnen saß ein Akkordeonspieler auf einem Klappstuhl und sang ein russisches Lied. Er trug Fingerhandschuhe, die die obere Hälfte der Finger zum Spielen frei ließen. In dem aufgeklappten Akkordeonkoffer stand ein Schild, dass er aus Weißrussland stamme und das Akkordeon ein Knopfakkordeon sei. Neben dem Schild lag eine Mütze, in der ein paar Kupfermünzen lagen.

Natalie hörte ihm eine Weile zu. Kein Instrument rührte sie mehr als eine Stimme. Niemals würde sie in der Öffentlichkeit singen, nicht einmal, wenn sie es könnte. Sie bückte sich und legte zwei Euro in die Mütze.

»Cherzlichen Dank.«

»Ich danke.« Sie ging weiter, drehte sich aber noch einmal nach dem Akkordeonspieler um, der inzwischen ein anderes russisches Lied sang.

Ein paar Jugendliche blieben vor ihm stehen.

Einer nahm die Mütze aus dem Koffer und steckte das Geld ein. Achtlos warf er die leere Mütze in den Koffer zurück.

Ein anderer rotzte in ein Taschentuch und warf es in den Koffer.

Die Jugendlichen grölten.

Der Akkordeonspieler sang unbeirrt weiter.

Natalie wollte schon zurückgehen, da zogen die Jugendlichen endlich weiter.

Sie ging über den Neuen Markt. Sie wusste, wo der Blutstein eingelassen war, aber sie konnte ihn nur unter dem Schnee erahnen.

Um den Blutstein rankten sich Legenden. In einer Legende war ein Matrose nach langer Fahrt heimgekehrt. Er hatte die Liebste in den Armen eines anderen wiedergefunden. Am Tag der Hochzeit hatte der Matrose das Brautpaar erstochen und sich dann selbst gerichtet. An der Stelle, an der er zusammengebrochen war, hatte man den Blutstein eingelassen.

Sie schlenderte nach Hause. Dabei schaute sie in die beleuchteten Wohnstuben fremder Leute. Was taten sie an diesem Winterabend?

Und, waren sie glücklich?

Natalie saß in dem Sessel mit den verblichenen Mohnblüten.

Die Wohnungstür knarrte.

Walther kam ins Atelier. »Was tust du gerade?«

»Nichts!«

»Ach ja. Ich habe eine Maxi-Pizza mitgebracht. Ist noch warm.« Er ging in die Küche und klapperte mit Geschirr.

»Nati, kommst du?«

Sie setzte sich an den gedeckten Tisch, den Tisch mit zwei Stühlen.

Walther öffnete eine Flasche Rotwein, füllte die Gläser und stellte die Flasche auf den Tisch neben die blau-weiß gestreifte Schüssel. Zwei Äpfel lagen noch darin.

Natalie las das Etikett. »Poggio al Sole. Sonnenhügel. Welche Patientin hat dir den denn mitgebracht?«

»Die kennst du nicht. Noch nicht.« Er gab ihr ein Stück Pizza und nahm auch eins.

»Ist wohl besser so.«

»Darf man nicht mal in die Speisekarte schauen, wenn man schon Diät halten muss?«

»Schauen schon. Steht die Patientin auf der Karte?«

»Sie heißt Carlotta Krupke. Übrigens ist sie Galeristin. Sie könnte eine Ausstellung für dich organisieren. Ich kann mir zwar nicht vorstellen, dass es jemanden gibt, dem deine Bilder gefallen könnten, aber wenigstens bekämst du deine Materialkosten wie–«

Sein Handy klingelte.

»Die Speisekarte ruft.«

»Deine Pizza wird kalt.« Walther drückte das Gespräch weg, ohne auf das Display zu schauen. »Träumst du gerade, wer du bist?«

»Ist ein Maler ein Maler, weil er malt, oder weil er seine Bilder verkauft? Gab es zu van Goghs Zeiten etwa jemanden, der ihn nicht für einen Maler gehalten hatte? Er hatte gewusst, dass seine Bilder irgendwann einmal mehr wert sein würden, als das Geld für die Farben. Viel mehr Wert!«

»Träumst du gerade, wer du bist! «

Natalie erschrak. Mit dem gleichen schrillen Ton hatte er gesagt: »Keine Kinder! Geht auch nicht, denn ich habe mich sterilisieren lassen.«

Ein halbes Jahr nach der Hochzeit war der *schöne Wahn* vorbei gewesen.

»Nein. Ich träume nicht. Nicht mehr!« Sie stand auf und ging zur Tür.

Etwas polterte auf den Terrazzoboden.

Sie drehte sich um.

Zwei Äpfel kullerten über den Boden, Walther hielt die blau-weiße Schüssel in der Hand.

Natalie eilte hinaus und schlug die Tür zu.

Es krachte zweimal: an der Tür und auf dem Boden.

Natalie schloss sich im Atelier ein. Das hatte sie noch nie getan. Ihr Puls raste.

Das war das erste Mal, dass er gewalttätig geworden war.

Sie tigerte durchs Atelier. Irgendwann setzte sie sich in den Sessel und trommelte auf die abgewetzten Lehnen. Dann ließ sie erschöpft die Arme sinken, dabei streifte sie das Päckchen in der Seitentasche. Sie zog es heraus, legte es auf den Schoß und trommelte nun auf dem öffne-es-erst-wenn-du-dein-Leben-nicht-mehr-aushalten-kannst-Päckchen.

Natalie riss das Päckchen auf.

Die Dielen vor der Tür knarrten. Walther räusperte sich. »Nati?«

Sie schwieg.

»Es tut mir leid.«

Sie rührte sich nicht.

Die Dielen knarrten, Walther war gegangen.

Natalie hatte nur die erste Schicht des Packpapiers aufgerissen. Sie strich das Papier glatt.

»Danke!« Michael schlug die Taxitür zu. Er öffnete die Pforte und blickte an der Fassade hoch. In den anderen Wohnungen brannte überall Licht, nur in seiner nicht.

Die Haustür öffnete sich.

Schlottkes Mutter kam eine Reisetasche tragend heraus, sie ging grußlos an ihm vorbei. In der Tasche klapperte es, vermutlich waren es die leeren Töpfe vom Cateringservice für die Mansarde.

Michael konnte die Tür aufhalten, bevor sie zufiel. Er stieg die Treppe zu den goldenen Briefkästen hinauf.

Die Briefkästen hatte Ele ausgesucht, die dunkelgrüne Farbe für die Wände im Hausflur auch. Sein Geschmack war das nicht gewesen.

Michael hätte den Aufzug nehmen können, aber er stieg lieber die Treppen zum dritten Stock hinauf. Er atmete schwer, als er das Schild an der Wohnungstür erblickte: *Eleonore & Michael Maronde.*

Schlottke kam die Treppe herunter. Er trug den schwarzen Staubmantel. Der scheckig schwarz gefärbte Zopf wippte hin und her. Schlottke grinste, als er Michael erkannte. »Der Herr Hausbesitzer himself ist vom Maskenball zurück!« Lachend sprang er die Treppen hinunter.

Das musste ausgerechnet Schlottke sagen! Der hatte das bessere Kostüm.

Obwohl? Der Taxifahrer hatte auch das Geld im Voraus kassiert. Nun ja.

Jedenfalls würde er sich nie die Haare färben lassen. Männer mit gefärbten Haaren sahen albern aus, Männer mit vom Nacken in die Stirn gekämmten Haaren auch.

Michael wühlte im Rucksack. Endlich fand er den Schlüssel. Er öffnete die Tür, als würde er einen Tresor öffnen. Dann trat er ein in die Vergangenheit.

Die Wohnung roch nicht muffig. Judith musste gelüftet haben. Es war mäßig warm in der Wohnung, gerade angenehm. Hatte er sich an die Kälte gewöhnt, würde er sich wieder an die Wärme gewöhnen.

Er stellte den Rucksack auf den Stuhl und nahm die Mütze ab. Dann zog er den Mantel und die schweren Stiefel aus. Auf Strümpfen ging er über den weichen Teppich. Es war, als ginge er auf neuem Schnee.

Zuerst ging er in die Küche. Er erschrak, obwohl er wusste, dass das große Foto über der Anrichte hing: Ele als Doña Rosita in dem weißen Kleid, das sie noch immer trug, unter der schwarzen Erde.

Auf der Anrichte lag das Textbuch *Doña Rosita bleibt ledig oder Die Sprache der Blumen* von García Lorca. Es war Eles letztes Stück gewesen.

Michael blätterte in dem Buch. Es glich einem Comic, da Ele neben die schwer zu lernenden Passagen Bildchen gemalt hatte. Es waren Strichmännchen und Symbole, die nur sie verstanden hatte. Im Stück ging es um diese seltene, sich verändernde Rose, die nur einen Tag lang blühte, und in der sich Rosita am Ende selbst erkennt. Er fand ihren Text im dritten Akt.

*Doña Rosita! Doña Rosita!*
*Wenn sie sich am Morgen öffnet,*
*ist sie rot, so rot wie Blut.*
*Doch nach Mittag wird sie weiß*
*mit dem Weiß von Schaum und Salz;*
*senkt hernieder sich die Nacht,*
*fängt sie an, sich zu entblättern.*

Er blätterte zur letzten Seite. Die letzten Worte waren von Rosita. Es waren auch die letzten Worte gewesen, die Ele auf einer Bühne gesprochen hatte.

*Aber wenn die Nacht dann kommt,*
*fängt sie an, sich zu entblättern.*

Michael legte das Buch behutsam auf die Anrichte, so, wie es gelegen hatte, neben den Abreißkalender.

28. November 2008 stand auf dem Blatt. Zwei Monate lang war er aus der Zeit gefallen.

Die Holzschale auf der Anrichte war gefüllt mit Scherben, Ele hatte sie am Strand gesammelt: weiße, grüne, braune und blaue. Blaue Scherben hatte sie selten gefunden.

Er hatte gefragt, was sie mit den Scherben wolle.

»Das sind keine Scherben! Das sind die Schuppen vom Wunderfisch Kajador. Und wann immer man eine Schuppe findet, hat man einen Wunsch frei«, hatte Ele geantwortet.

Warum hatte er nie gefragt, was sie sich von den Schuppen gewünscht hatte? Als er sich am offenen Sarg verabschiedet hatte, hatte er drei Schuppen in Eles kalte Hand gelegt.

Vor kurzem hatte er am Strand von Warnemünde auch Schuppen gefunden. Es waren drei blaue Scherben gewesen, die Scherben hatte er zu dem Pappdeckel in die Tabaksdose getan.

Er war hungrig und suchte nach etwas Essbarem, fand aber nur eine Packung Knäckebrot, zwei Fischkonserven und eine Flasche Bier. Eine Witwermahlzeit halt, die er im Stehen aß.

Danach ging er ins Wohnzimmer.

Judith musste die Kissen und Decken auf der

Sitzgarnitur geordnet haben. In der letzten Nacht war er hier vor Erschöpfung eingeschlafen. Er hatte sich nicht die Mühe gemacht, die Wohnung ordentlich zu verlassen.

Vor der Schlafzimmertür blieb er stehen. Er konnte sich nicht überwinden, die Tür zu öffnen. Er nahm ein Kissen und eine Decke und ging ins Arbeitszimmer. Er warf beides auf das Sofa, heute Nacht würde er hier schlafen.

Auf dem Schreibtisch erblickte er Eles Foto als Amalia in Schillers *Räubern.* Daneben stapelte sich die Post, die Zeitungen auch. Die Post würde er morgen durchsehen. Oder übermorgen. Oder.

Michael ging ins Bad und ließ Wasser in die Wanne. Das Spiegelbild erschreckte ihn. Er musste den Bart abnehmen und zum Friseur!

Unterm Spiegel auf der Konsole standen das halb leere Fläschchen mit dem blutroten Nagellack und Eles Parfüm *Eternity.* Ewigkeit! Daneben lag die Perlenkette. Er nahm die Kette und ließ die Perlen durch die Hand gleiten. Sie waren mit Theaterschminke beschmiert.

Mit dem Nagellack, dem Parfüm und der Perlenkette hatte Ele sich in Doña Rosita verwandelt. Für jede Rolle hatte sie sich andere Verwandlungsmittel gesucht. Und je aufwendiger die Maske und das Kostüm waren, umso geschützter hatte sie sich auf der Bühne gefühlt. Ein Kostüm hatte auch ihren Gang verändert. »In einem historischen Kostüm kann man einfach nicht über die Bühne schlunzen«, hatte Ele gesagt, als sie die Amalia gespielt hatte.

Als die Wanne voll war, zog Michael sich aus und stieg hinein. Was für eine Wohltat! Die Füße ragten aus dem Wasser.

Besorgt betrachtete er den linken kleinen Zeh, er war dunkelblau verfärbt.

Ein eisiger Wind wehte, Neuschnee hatte über Nacht die schmutzige Landschaft geweißt.

Eine Woche war Natalie nicht im Lindenpark gewesen. Sie wusste nicht, warum sie nicht wieder zu dem Mann mit den verschieden farbigen Augen gegangen war. Hoffentlich saß er längst in der Bibliothek und las.

Natalie setzte erste Spuren in den Schnee.

Sie ging zu dem Baumstamm bei den dicht stehenden Eiben. Der Baumstamm war verwaist, die Eibenäste schlugen wie Läden im Wind, Schnee stob von den Zweigen. Was für ein kaltes Haus. Hier kann auch keiner bleiben!

Was hatte der Mann gesagt? »Vielleicht irren wir noch eine Weile herum. Aber womöglich gibt es einen Weg, den wir zusammen gehen können.« Er war fort und hatte nichts hinterlassen, nun ertrinkt jeder für sich allein.

Natalie wanderte ziellos durch den Ort vergangener Trauer, durch den Ort des Verschwindens.

Die Stiefel stempelten den Schnee, der Schnee knirschte. Frank Sinatras Lied fiel ihr ein, und sie sang es leise: »Strangers in the night, two lonely people, we were strangers in the night.« Frank Sinatra. Was für eine Stimme er gehabt hatte! Wenn sie ein Lied von ihm hörte, musste sie weinen.

Das letzte Mal hatte sie *Strangers in the night* auf dem Neuen Friedhof gehört. Ein Saxofonist hatte es gespielt, als die Urne des Malers in die Erde versenkt worden war.

Was für eine schöne Feierstunde der Maler doch gehabt hatte! Die Urne war in ein Geflecht aus blühenden Stauden und Ähren eingebunden, groß wie ein Wagenrad. Davor stand ein Stuhl. Über der Stuhllehne hing seine Lederjacke. Auf dem Sitz lagen seine Brille, eine alte Motorradmütze und seine Pfeife. Ein Krug mit Pinseln und ein Selbstportrait standen neben dem Stuhl. Durch all diese Dinge war der Maler mehr zugegen gewesen, als hätte sein Leichnam in einem Sarg gelegen.

Eine Sängerin und ein Akkordeonspieler hatten musiziert. Wenn ein Künstler zu Grabe getragen wird, sind Künstler zugegen.

Dürfen Beerdigungen schön und stimmungsvoll sein?

## *Ritual*

Natalie fand keinen Schlaf in dem Bett, in dem Walthers Großeltern gestorben waren.

In der Studienzeit hatte Walther eines Morgens seine Oma im Schlafzimmer rufen hören: »Ach Gott! Der Opa ist ja schon ganz kalt!«

Kurz nach dem Examen hatte Walther seine Oma kalt im Bett gefunden. Er hatte sie gewaschen und ein Geschirrtuch um den Kopf gebunden, um den Unterkiefer zu fixieren. Sie soll ausgesehen haben, als hätte sie nur an Mumps gelitten.

Natalie schaltete die Lampe an und nahm das Buch vom Nachttisch. Auf dem Cover war ein blaues Gefieder. Darauf stand *Wie die Nacht so blau.* Schöner Titel.

Wie hatte der Mann mit den verschieden farbigen Augen gesagt: »Zuweilen muss man in eine andere Geschichte kriechen, wenn man die eigene nicht mehr aushalten kann.«

Sie strich über das blaue Gefieder. Nein! Sie wollte nicht in eine andere Geschichte kriechen, sie legte das Buch zurück auf den Nachttisch.

Walther kam nackt ins Schlafzimmer mit zwei Whiskygläsern. Ach ja, sein Ritual.

»War es nicht Humphrey Bogart, der gesagt hatte: *Ich hätte nicht von Scotch zu Martini wechseln sollen?*« Er setzte sich neben sie auf das Bett und gab ihr ein Glas.

Sie stießen an.

Walther trank den Whisky in einem Zug. Er stellte das Glas auf den Nachttisch und wartete, dass Natalie ihr Glas ebenfalls leerte.

Sie trank langsam. Der Whisky schmeckte torfig, aber er war weich und entspannte die Muskeln.

Walther nahm das nunmehr leere Glas und stellte es auf den Nachttisch. Wortlos deckte er sie auf, schob ihr Nachthemd hoch, ergriff ihre Knie und spreizte ihre Beine. Dann legte er sich auf sie. Er nahm sie hastig, so als käme er zu spät. Sein asthmatischer Atem dröhnte, bis er auf ihr erschlappte. »Du hast Reflexe wie ein totes Pferd!« Walther wälzte sich auf die Seite und schlief sogleich ein.

Das war nur ein kurzes Workout gewesen!

Walther schnarchte.

Natalie schlich ins Atelier. Sie schaltete das Licht an, schloss die Tür und setzte sich in den Sessel mit den verblichenen Mohnblumen. »Strangers in the night, two lonely people, we were strangers in the night«, sang sie leise.

Und dann zog sie das Päckchen aus der Seitentasche der Lehne, riss es auf und wickelte das zerfledderte Buch aus. Das Buch war einmal ihr Lieblingsbuch gewesen: *Die Kinder- und Hausmärchen der Brüder Grimm* mit Bildern von Werner Klemke.

Sie fuhr mit den Fingern über das Titelbild: Rotkäppchens lange spitze Kappe sah wie eine Schultüte aus, vom Wolf sah man nur die geöffnete Schnauze mit spitzen Zähnen und vom Wald nur ein paar Tannenzweige.

Wie oft hatte sie damals im Sessel gesessen und die Bilder im Buch angeschaut? Sie würde sich an jedes Bild erinnern können.

Warum hatte ihre Mutter ausgerechnet dieses Buch hinterlassen?

Natalie schlug es auf. Zwischen den Seiten der *Gänsemagd* mit dem ans Tor genagelten Kopf des treuen Pferdes Falada steckte ein Briefumschlag.

Sie blätterte im Buch und fand noch mehr zwischen den Seiten.

## *Schwarze Farbe*

Der Schnee schmolz in der Märzsonne, die Schneeglöckchen blühten in der matschigen Erde mit den Schneeresten.

Seit der Mann mit den verschieden farbigen Augen fortgegangen war, war Natalie nicht mehr im Lindenpark gewesen. Sie wusste nicht, warum es sie heute hierher gezogen hatte.

Sie wich den Pfützen aus.

Hoch oben im Baum keckerten zwei Elstern. Die Elstern inspizierten das Nest vom vergangenen Jahr. Es waren nur noch zwei Dutzend ineinander verhakte Zweige. Ob die Elstern die alte Hütte wieder richten würden?

Natalie ging zu dem Baumstamm bei den dicht stehenden Eiben.

Neben dem Baumstamm lag etwas im Matsch: eine silberne Dose.

Natalie hob die Dose auf und säuberte sie mit einem Papiertaschentuch. Auf dem Deckel war eine Kutsche. Das war seine Tabaksdose! Natalie schüttelte die Dose, etwas klapperte darin. Sie schraubte die Dose auf, Vanilleduft entströmte. Seeglas war darin, es waren drei blaue Glasscherben, geschliffen vom Sand und vom Meer.

*La Mer.*

Was bedeutete das Seeglas?

Sie erinnerte sich, dass er von Wünschen gesprochen hatte. Und dann, dass es doch eher Scherben waren. Hm?

In der Dose lag auch der Pappdeckel mit der bunten Werbung. Sie nahm den Deckel heraus und wendete ihn. *Michael Maronde, August-Bebel-Str. 32* stand in schöner Handschrift darauf geschrieben.

»Michael Maronde«, sagte sie laut. Was für ein klingender Name.

Die Anfangsbuchstaben seines Namens waren auffällig groß geschrieben.

Natalie schrieb ihren Namen klein, das wurde ihr angesichts dieser Kalligrafie bewusst.

»Wann immer wir Zeit hatten, sind wir von Leipzig nach Rostock gefahren«, hatte er gesagt.

Natalie stand eine Weile unschlüssig da.

Michael Maronde? Sie war ihm nur dreimal begegnet.

Was soll's? Sie legte die Pappe wieder zu den blauen Scherben und warf die Dose in den Papierkorb am Wegesrand.

*

Vor der Haustür hielt Natalie inne.

Auf der anderen Straßenseite stand die alte Dame im Nerzmantel mit der Leopardenhandtasche. Die Dame schaute sie an, als hätte sie auf Natalie gewartet. Sie winkte ihr zu, dann hetzte sie in Richtung Wasserturm.

Natalie folgte ihr.

Bevor die Dame in die Dehmelstraße bog, vergewisserte sie sich, ob Natalie ihr auch gefolgt war. Dann ging sie zum Schillerplatz.

Auf dem Schillerplatz war niemand.

Und dann entdeckte Natalie hinter einem Baum einen Mann im schwarzen Mantel, der eine Frau im roten Cape küsste: Walther und die Frau von der Speisekarte!

Natalie konnte den Blick nicht vom Liebespaar lösen. Hatte die Frau von der Speisekarte Reflexe wie eine rossige Stute?

Natalie schaute sich nach der Dame im Nerzmantel um, sie war verschwunden.

Mit rasendem Puls eilte Natalie zurück in den Lindenpark. Zurück zum Papierkorb.

Beim Künstlerbedarf im Doberaner Hof kaufte sie noch schwarze Acrylfarbe.

»Wollen Sie Ihr Zimmer streichen?«, fragte die Verkäuferin.

»Nein, das Zimmer nicht!«

Walther kam ins Schlafzimmer und zog ihr die Bettdecke weg. »Will der frühe Vogel heute wieder Tee für die Heilsarmee kochen?«

»Nein, will er nicht.«

»Was will er dann?«

»Er will fortfliegen.«

»Ach ja? Der Witz ist gut!« Er lachte. »Zum Fortfliegen hat der Vogel ausreichend Zeit. Ich komme später nach Hause.«

»Ach ja? Triffst du dich wieder mit der Frau von der Speisekarte?«

»Wie kommst du darauf?«

»Du wolltest mich ihr vorstellen, damit ich meine Materialkosten einbringen kann.«

»Stimmt.« Er räusperte sich. »Mal sehen. Na dann. Bis heute Abend.«

»Na dann!«

Die Wohnungstür knarrte.

Natalie hielt den wehen Bauch.

Walther hatte tatsächlich gemeint, sie habe einen Witz gemacht! Und sie hatte schon befürchtet, er würde ihr das Brotmesser in die Brust stoßen. Vielleicht wäre sie noch bis zur Konditorei Kentzler gekommen und dort zusammengebrochen.

Allerdings könnte der Oberbürgermeister keinen Blutstein stiften, der verjagte ja schon die Schauspieler und Tänzer des Volkstheaters, weil angeblich die Kasse leer war.

Auch die Politessen kamen nicht nach, sie wieder zu füllen. Wie hießen eigentlich die männlichen Knöllchenverteiler?

Natalie stand auf, duschte und zog sich an. In der Küche trank sie eine Tasse Kaffee im Stehen.

Dann ging sie ins Atelier, setzte sich in den Sessel mit den verblichenen Mohnblüten und holte das Märchenbuch aus der Seitentasche.

Sie nahm den Brief heraus und las ihn zum wiederholten Male.

*Rostock, 9. Dezember 2006*

*Meine liebe Natalie!*

*Walther war nicht Deine beste Wahl gewesen, stimmt's? Aber ich habe mich nie getraut, Dir das zu sagen.*

*Erinnerst Du Dich an das Märchenbuch? Es war Dein Lieblingsbuch gewesen. Ich habe unsere Märchenstunden immer genossen. Dabei habe ich immer so gern an Deinen Haaren und Deinem Nacken geschnuppert. Du hast so gut gerochen.*

*Zwischen den Buchseiten findest Du Dein Erbe. Neunzehntausend Euro. Hättest Du das Geld gleich bekommen, dann*

*wäre jetzt vielleicht nichts mehr übrig.*
*Die Menschen irren, wenn sie glauben, Zeit ist Geld. Geld ist Zeit. Nutze Deine Zeit! Zeit für gute Momente.*
*Der schönste Moment meines Lebens war, als ich Dich zum ersten Mal gesehen habe!*
*Ich liebe Dich.*
*Immer Deine Mama.*

Natalie nahm das Geld aus dem Buch. Dann schob sie es zurück in die Seitentasche und stand auf. Den Brief steckte sie ins Skizzenbuch. Sie nahm die schwarze Farbe aus der Tasche. Auch die silberne Tabaksdose mit der Kutsche auf dem Deckel. Als sie die Dose öffnete, duftete es wieder nach Vanille.

Natalie rollte die Geldscheine und stopfte sie in die Dose mit dem Pappdeckel und dem blauen Seeglas. Die Dose steckte sie wieder in die Tasche, das Skizzenbuch auch. Dabei stach sie sich an den Zinken der Silbergabel.

Die Gabel mit dem eingravierten *W* trug sie ständig mit sich herum. Warum, wusste sie nicht.

Ihr Magen krampfte. Sie blickte auf die Armbanduhr. Der Zug fuhr in zwei Stunden.

Sie nahm die Uhr ab und den Ehering. Dann zog sie das Gummi aus der Jeans und band die Haare zusammen.

Die Farbe brauchte Natalie nicht zu mischen. Sie

nahm einen breiten Pinsel und strich die Staffelei schwarz an. Schwarz. *Das Schweigen vor dem Tod.*

Dann ging sie zur Wand, an der die bemalten Leinwände lehnten. Vorn stand noch immer der blühende Kirschbaum, das Bild war eines ihrer besseren Arbeiten.

Sie zog Walthers Portrait hervor, stellte es auf die Staffelei und übermalte es schwarz. Sie trug die Farbe dick auf. Tränen hatte sie keine.

Als sie fertig war, sah sie, wie die unterschiedlich dicke Farbe das Licht unterschiedlich reflektierte, so als leuchtete es in dem Schwarz. Ein Licht in dem Schweigen? In dem *Schweigen vor dem Tod?*

Natalie wusch den Pinsel aus und wischte die Hände mit dem Lappen ab. Sie zog das Gummi aus den Haaren, band die Uhr wieder um und steckte den Ring auf.

Es klingelte.

Natalies Herz schlug schneller.

Hatte Walther etwa den Schlüssel vergessen?

Sie schlich zur Gegensprechanlage. »Ja bitte?«

»Paketdienst. Können Sie ein Päckchen für Wodrich annehmen?«

»Ja, kann ich.«

Natalie stellte das Päckchen neben die Ritterrüstung im Flur.

Im Wohnzimmer lagen wie gewöhnlich Walthers

Bademantel, sein Schlafanzug und seine Hausschuhe auf dem Boden.

Im Badezimmer stieg sie über sein nasses Handtuch. Sie packte die Waschtasche. Michael Maronde hatte ihr Parfüm erraten. Bevor sie den fuchsiafarbenen Flakon einpackte, sprühte sie etwas *Kenzo Amour* in den Nacken.

Die Waschtasche nahm sie mit ins Schlafzimmer und packte sie mit ein paar Wechselsachen in die Reisetasche. Natalie packte auch den Ordner mit den wichtigen Papieren ein. Die Tasche stellte sie im Flur ab.

Sie steckte den Schlüsselbund in die Jeans, holte aus der Küche ihren Stuhl und trug ihn in den Keller. Als sie aus dem Keller kam, begegnete ihr die alte Frau Wodrich.

»Das passt ja gut. Ich habe ein Päckchen für Sie angenommen. Moment mal.« Natalie gab ihr das Päckchen.

»Danke.«

»Ach ja. Ich habe noch etwas von Ihnen. Moment mal.« Natalie holte die Silbergabel.

»Ich besitze kein silbernes Besteck. Das ist nicht meine Gabel. Bitte.«

Natalie nahm die Gabel wieder.

»Auf Wiedersehen.« Dann schlurfte die alte Frau Wodrich zur Treppe.

»Wiedersehen?« Natalie ging in die Küche und legte die Gabel und den Schlüsselbund auf den Tisch. Sie schaltete die Kaffeemaschine aus. Sicherheitshalber kontrollierte sie den Herd.

Der Herd war kalt, so kalt wie ihre Ehe.

Sie zog den Ring vom Finger und steckte ihn auf die Gabelzinken.

Natalie betrachtete nachdenklich Walthers Stuhl. »Jetzt sind wir nicht mehr zwei Stühle, jetzt bist du nur noch ein Stuhl«, flüsterte sie.

Ein letztes Mal ging sie ins Atelier. Sie fuhr mit den Fingern über die Pinsel, über die silberne Schatulle, über die verblichenen Mohnblüten des Sessels. Zuletzt nahm sie die Umhängetasche und ging in den Flur. Sie zog die Stiefel und den Lammfellmantel an. Wie gewöhnlich knickste sie vor der Rüstung. »Herr Doktor Winter!«

Natalie stutzte.

Wie hatte Michael Maronde gesagt: »Den König spielen immer die anderen.«

Sie ging noch einmal ins Wohnzimmer und kam für einen neuen Auftritt zurück. Nein! Für einen neuen Abgang.

Sie baute sich vor dem Harnisch auf. »Solange der Ast nachgibt, kann der frühe Vogel nicht fortfliegen. Er kann es erst, wenn der Ast starr ist.« Sie knuffte dem Blechmann in die Brust. »Herr Doktor

Winter. Na dann!«

Natalie nahm die Taschen. Sie zog die knarrende Wohnungstür zu.

Auf dem Gehweg stieß Natalie mit einer größeren Frau zusammen. Die größere Frau war die alte Dame im Nerzmantel.

»Oh! Entschuldigung. Eine Frage: Sind Sie Privatdetektivin?«

»Nein«, sagte die Dame verwundert.

»Sonst könnte ich Ihnen die Arbeit erleichtern. Ich verreise nämlich. Auf Wiedersehen!«

»Wiedersehen?«

Michael fuhr im Fahrstuhl hinab. In dieser Woche hatte er wieder vergessen, einen Arzttermin zu vereinbaren! Der Zeh hatte sich schwarz gefärbt.

Zwei Etagen tiefer stieg eine jüngere Frau ein. Ihre Augen weiteten sich, als sich ihre Blicke trafen. Dabei war er ihr noch nie begegnet. Dann klapperten auch noch ihre Zahnreihen aneinander.

»Was ist mit Ihnen?«

»N-nichts!« Sie hielt mit der einen Hand den Unterkiefer, mit der anderen Hand bediente sie hektisch den Halteknopf.

Er war froh, als sie ausgestiegen war, und er ihr Zähneklappern nicht mehr hören musste. Es musste sich im Bürohaus längst herumgesprochen haben, dass er Witwer war. Sie war nicht die erste Frau, die sich in seiner Gegenwart einfältig benahm. Als sei er ein Wolf in der Ranz!

»Nie wieder trifft eine Flinte, mit der ein Wolf erschossen wurde«, hatte sein Vater gesagt.

In der Tiefgarage angekommen, ging er zum Wagen.

Da sein Kühlschrank leer war, musste er noch Einkaufen fahren.

Unter der Woche trank er keinen Alkohol, da brauchte er einen klaren Kopf. Aber am Freitagabend gönnte er sich einen guten Rotwein. Er kaufte noch zwei Baguettes, eingelegte Tomaten, Schinken, Pecorino, Basilikum und packte alles in eine große braune Papiertüte.

Wieder war eine Woche geschafft! Eine Woche, in der er jeden Morgen sein Spiegelbild angetrieben hatte: »Marsch, marsch Maronde! Hinaus mit dir ins Leben!«

Nun würde er in der Dunkelheit versinken und das Wochenende vermutlich vor der Glotze verbringen oder lesend im Bett.

Nur am Sonntag würde er – wie jeden Sonntag – zum Friedhof fahren.

# *Traumpaar*

Der Bus hielt in der August-Bebel-Straße neben dem Haus mit der Nummer 32. Vor dem sanierten Altbau stand ein Zaun, der mit Metallspitzen bewehrt war.

Natalie hasste solche Zäune, seitdem sie gelesen hatte, dass sich Romy Schneiders Sohn auf so einem Zaun aufgespießt hatte. Es war ein Unfall gewesen.

Sie öffnete die Pforte und ging zur Haustür. An der Klingel stand sein Name, die Adresse stimmte also, sie traute sich nur nicht zu klingeln.

Die Haustür öffnete sich.

Eine ältere Frau kam mit einer großen Tasche heraus. In der Tasche klapperte es, als seien Töpfe darin.

Natalie hielt der Frau die Tür auf, die ohne ein Wort des Dankes davonging.

Natalie betrat den Hausflur und stieg die Treppen hinauf, ging vorbei an goldfarbenen Briefkästen.

Das Treppenhaus war weiträumig, die Wände waren dunkelgrün gestrichen, die dunklen Treppenstufen waren kaum ausgetreten.

Im dritten Stock entdeckte sie ein silbernes Türschild mit der Aufschrift: *Eleonore & Michael Maronde.* Ihr Mund fühlte sich trocken an, sie schluckte.

Natalie ging wieder hinunter. Sie öffnete die Haustür. Wenn sie die Tür von außen schlösse, käme sie nicht wieder ins Haus. Sie zögerte, dann stieg sie die Treppen erneut hinauf und klingelte.

Niemand öffnete.

Sie setzte sich auf den Treppenabsatz der Wohnung schräg gegenüber und lehnte sich erschöpft an die Wand.

Ein Mann in einem langen schwarzen Ledermantel kam die Treppe herunter. Er war ungefähr in ihrem Alter, seine schwarzen Haare hatte er im Nacken gebunden. Er grinste, als er an ihr vorbeiging. »Suchen Sie eine Wohnung?«

»Nein.«

»Ich dachte nur, Sie warten vielleicht auf ihn.« Er deutete mit einem Kopfnicken zu Michael Marondes Tür und grinste dreist.

Als sie nichts erwiderte, zuckte er nur mit den Achseln und ging die Treppe hinunter. Er und die Schwarze aus dem Lindenpark wären ein Traumpaar. *Das* Traumpaar in der Geisterbahn.

## *Eiswürfel*

Walther schloss die Wohnungstür auf.

Die Tür knarrte. Die Scharniere hätte Nati längst mal fetten können!

»Na, Ritter Runkel von Rübenstein!« Er klopfte an die Rüstung, sodass sie schepperte.

»Nati, ich habe Hunger!« Er zog den Mantel aus und warf ihn über die Truhe.

Ihr Mantel hing nicht an der Garderobe. »Nati?«

Er ging ins Wohnzimmer. Dabei stolperte er über Hausschuhe, seine Hausschuhe. Sein Bademantel und sein Schlafanzug lagen auch noch da, wo er sie am Morgen fallen gelassen hatte.

Die Betten im Schlafzimmer waren nicht gemacht, und im Bad lag sein nasses Badetuch auf dem Boden!

Walther eilte zum Atelier. Er atmete schwer, nachdem er die Tür geöffnet hatte und die schwarze Staffelei mit dem schwarzen Bild erblickte.

Der Krug auf dem Farbentisch sah aus, als sei er mit Lorke gefüllt, ein schmutziger Lappen lag daneben.

Er schlug die Tür zu und eilte in die Küche.

Ihr Stuhl war verschwunden. Und auf dem Tisch

lagen ihr Schlüsselbund und eine Gabel, an der ihr Ehering steckte.

Das Nest war leer! Der frühe Vogel war fortgeflogen. Und es war kein Witz gewesen.

Er zog den Ring von der Gabel, und dann wurde ihm heiß.

Woher hatte Nati die Gabel?

Sie gehörte zu seinem Taufbesteck! Er fuhr über die Gravur. *W* wie Walther. Das Taufbesteck war zusammen mit seinen Eltern verschwunden. Und plötzlich fühlte er wieder die Eiswürfel im Bauch, so wie damals, 1970.

Walther sank auf den Stuhl und saß wieder in den nicht enden wollenden Verhören, in denen Ich-bin-der-Herr-Ziermann ihm nicht geglaubt hatte, dass er von der Flucht seiner Eltern nichts gewusst hatte. Schließlich hatte Ich-bin-der-Herr-Ziermann ihn erpresst. Bis heute hatte er diesen Teil seines Lebenslaufes geheim halten können, und das sollte auch so bleiben.

Wahrscheinlich waren seine Eltern inzwischen gestorben. Für ihn waren sie schon seit neununddreißig Jahren tot.

Walther schlug mit der Faust auf den Tisch.

Natalies Ring fiel hinunter und kullerte über den Terrazzoboden.

Natalie überlegte, wie lange sie noch warten sollte. Er könnte ja auch verreist sein.

Jemand kam die Treppe hoch.

Es war ein Mann mit einer braunen Einkaufstüte. Er stellte die Tüte auf die Fußmatte der Wohnungstür von Eleonore und Michael Maronde.

Natalie rührte sich nicht.

Der Mann kramte in den Manteltaschen. Er suchte offenbar den Schlüssel. Er drehte sich zu ihr und schien überrascht zu sein. Der bartlose Mann mit den kurzen, ergrauenden Haaren musste so in den Vierzigern sein. Er trug Jeans und einen dunkelgrauen Mantel aus weichem Leder.

Das war nicht der Mann, den sie suchte.

Warum nur war sie hier hergekommen?

Sie nahm die Taschen und stand auf. »Entschuldigen Sie, ich habe mich wohl in der Adresse geirrt.« Sie wollte an ihm vorbeigehen.

Er ließ sie nicht durch.

»Was wollen Sie?«, fragte er sanft.

Sie sah ihm in die Augen. Das eine war hellbraun, und das andere war wasserblau. Sie hustete verlegen.

Er lachte.

»Nichts will ich«, sagte sie.

Er schloss die Tür auf und hob die Tüte auf. »Auch wenn Sie nichts wollen, möchten Sie dennoch eintreten?«

»Ja.«

Er berührte sie mit den Fingerspitzen zwischen den Schulterblättern und schob sie in den geräumigen Flur.

Sie trat auf einen schneeweichen Perserteppich.

Neben der Garderobe stand ein Lehnstuhl.

Darauf stellte er die Tüte ab. »Wollen Sie nicht Ihren Mantel ablegen?«

Sie stellte die Taschen ab und zog den Mantel aus, den er ihr abnahm.

Er stutzte, als er ihre Hände sah, an denen noch etwas schwarze Farbe war. »Haben Sie heute schon Ihren Gartenzaun gestrichen?«

»Nein, den Gartenzaun nicht.«

»So, so. – Ich habe mich manchmal gefragt, ob Sie die Tabaksdose überhaupt gefunden haben.« Er hängte ihren Mantel an die Garderobe. Dann zog auch er den Mantel aus und hängte ihn auf.

Er trug ein graues Shirt, seine Lieblingsfarbe wohl. Graues Brusthaar kringelte sich aus seinem Ausschnitt.

»Neuschnee hatte Ihr verlassenes Bett frisch bezogen. Es war, als habe es Sie nie gegeben. Erst als es taute, habe ich die Dose gefunden.«

»Ich hätte nicht einmal Ihren Namen gewusst«, sagte er vor ihr stehend. »Ihr Mann nannte Sie Nati.«

»Ich heiße Natalie. Natalie Winter.«

»Natalie. Ein schöner Name.«

Sie fühlte das Blut im Gesicht und versuchte, die Verlegenheit zu überspielen. »Sie sind doch nicht der Bettelknabe. Sie sind –«

Er lachte wieder. »Nein, der bin ich auch nicht.« Behutsam legte er die Hände um ihren Hals. Dann drückte er mit beiden Daumen ihr Kinn hoch und küsste sie.

Natalie fielen die Augen zu.

Er löste sich von ihr.

Sie öffnete die Augen.

»Entschuldigen Sie bitte. Das ist gar nicht meine Art. Es war nur dieser Moment.« Er nahm die Tüte vom Stuhl. »Haben Sie auch Hunger? Ich mache uns etwas zu essen.«

»Um ehrlich zu sein, habe ich den ganzen Tag noch nicht viel gegessen.«

»Bitte kommen Sie mit in die Küche.«

»Dürfte ich vorher noch Ihr Bad benutzen?«

Er stand in der Küchentür und deutete mit einem Kopfnicken zur nächsten Tür. »Aber ja doch.«

Natalie ging ins Bad und bürstete die schwarze Farbe von den Händen.

Auf der Konsole überm Waschbecken standen ein halb volles Fläschchen mit rotem Nagellack und ein Parfüm: *Eternity*. Neben dem Parfüm lag eine Perlenkette.

Bekamen Frauen nicht zum vierzigsten Geburtstag von ihren Männern eine Perlenkette geschenkt? Mit Perlen würde sie sich alt fühlen. Natalie nahm die Kette und ließ die Perlen durch die Hand gleiten. Schminke klebte noch an einigen Perlen.

Gleich würde die Tür aufgehen und eine fremde Frau würde ihr die Kette aus den Händen reißen: »Lassen Sie die Finger von meinen Perlen!«

Erschrocken legte sie die Kette zurück. Aus ihr würde nie eine Dame werden. Auch nicht, wenn sie die nächsten Jahre im Ballkleid schliefe. Sie trocknete sich die Hände ab.

Dann ging sie zu ihm in die Küche.

Die Küche war mit cremefarbenen Möbeln eingerichtet. In der Mitte standen ein großer Tisch und schlichte Stühle aus Eichenholz. Auf dem Tisch waren Pecorino, Schinken und eingelegte Tomaten mit Basilikumblättchen auf einem Holzbrett angerichtet. Im Brotkorb lag ein aufgeschnittenes Baguette.

Er öffnete eine Flasche Rotwein, füllte zwei Gläser und reichte ihr eins.

Sie trank und sah zu, wie er Teller auf den Tisch stellte und Besteck dazu legte.

»Bitte nehmen Sie Platz!«

Natalie setzte sich. Sie betrachtete das große Foto über der Anrichte mit einer zerzaust aussehenden Frau in einem weißen Kleid.

»Das ist Ele in ihrer Paraderolle in *Doña Rosita bleibt ledig*. Rosita wartet vergeblich auf ihren Cousin, der ihr die Ehe versprochen hat. Sie welkt, ohne je erblüht zu sein. – Ele wäre immer gern größer gewesen, aber sie war groß auf der Bühne, sehr präsent. Sie war schon vierzig, als sie noch die Elli gespielt hat in *Der Zauberer der Smaragdenstadt*. Und ich weiß nicht mehr, wie oft sie das Räubermädchen in der *Schneekönigin* war. Ele hat jede Rolle ernst genommen, war sie auch noch so klein. Und ich glaube, nur wenn sie eine andere war, war sie wirklich sie selbst. Sie konnte auf der Bühne lieben, hassen, weinen, lachen, sterben. Ele ... Sie ist verwelkt und zerfällt nun in diesem weißen Kleid zu schwarzer Erde.« Michael Maronde setzte sich und trank von dem Wein. »Entschuldigen Sie bitte, dass ich über meine Frau rede. Und Sie? Haben Sie Ihrem kapitalen Ehemann ins Blatt geschossen?«

»Ich habe ihn verlassen.«

»Oh, er wird sie aufbrechen wollen.«

Natalie musste unwillkürlich an den Blutstein denken. Sie bemerkte den goldenen Ring an seiner Hand. Sie wusste genau, dass er im Lindenpark keinen Ring getragen hatte. Nur die Uhr mit dem blauen Armband.

»Sie tragen einen Ehering?«

»Ja. Damit ich meine Ruhe habe.«

»Oh! Und dann komme ich und störe Ihre Ruhe!«

Sie aßen. Keiner von ihnen wusste etwas zu sagen.

Nach dem Abendbrot half Natalie beim Abräumen. Irgendwie stand sie ihm immer im Wege. Vor der Anrichte unter dem großen Foto blieb sie stehen. Sie betrachtete die Holzschale mit Seeglas. »Warum hatten Sie drei blaue Scherben in die Tabaksdose gelegt?«

»Das sind keine Scherben, das sind die Schuppen vom Wunderfisch Kajador. Und wann immer man eine Schuppe findet, hat man einen Wunsch frei. Die blauen findet man übrigens selten.«

Natalie las den Titel auf dem Buch *Doña Rosita bleibt ledig oder Die Sprache der Blumen*. Sie nahm das Buch. »Darf ich mal reinschauen?«

Michael Maronde entriss ihr das Buch und legte es behutsam auf die Anrichte zurück. Er richtete es aus, wie es vorher gelegen hatte.

»Entschuldigen Sie bitte, ich hätte erst Ihre Zustimmung abwarten müssen, bevor ich das Buch nahm.«

»Nein! Ich muss mich entschuldigen, ich habe überreagiert. Aber ich bin halt noch ein Witwer in Trauer. Es tut mir leid. Lassen Sie uns ins Wohnzimmer gehen.« Er nahm den Wein und die Gläser und ging voraus.

Natalie folgte ihm.

Er setzte sich auf die Couch.

Sie setzte sich ihm gegenüber in den Sessel.

Über der Couch hing eine Reproduktion von van Goghs *Mandelblüte*. Das Original hing in Amsterdam. Vor diesem Bild hatte Natalie lange gestanden, damals auf der Hochzeitsreise. Das Blau zog sie wieder ins Bild hinein.

»Sie sind so still.«

»Ist es nicht erstaunlich, wie aus den knorrigen, scheinbar toten Zweigen diese prächtigen Blüten wachsen? Sie blühen, ohne je zu welken.«

»Sind Sie Malerin?«

»Nur eine malende Hausfrau.«

»Ein Maler ist ein Maler ist ein Maler.«

»Angesichts dieses Bildes zweifle ich an meinem Tun.«

»Glauben Sie etwa, van Gogh hat nicht gezweifelt? Alle Künstler zweifeln.«

»Das könnte wahr sein.« Natalie trank den Wein

aus. Sie rekelte sich. »Haben Sie in Ihrer Besenkammer noch einen Strohsack für mich?«

»Sie können auf dem Sofa im Arbeitszimmer schlafen.«

Michael Maronde schüttelte das Kissen auf und faltete die Decke auseinander. »Entschuldigen Sie bitte, aber ich bin nicht auf Besuch vorbereitet.«

»Immerhin besser als ein Strohsack in der Besenkammer.« Sie betrachtete das Foto auf dem Schreibtisch.

»Ele als Amalia in den *Räubern*.« Er seufzte. »Was hat Schiller sich eigentlich dabei gedacht, ein Stück zu schreiben, in dem es nur eine Frauenrolle gibt?«

»Möglicherweise gar nichts.«

»Das könnte wahr sein. Gute Nacht.« Er nahm das Foto mit hinaus.

*Eleonore*

Natalie saß allein im Zuschauerraum und betrachtete den roten Bühnenvorhang. Zwei Hände griffen durch die Mitte, fassten beide Seiten des schweren Samtes. Der Vorhang öffnete sich einen Spalt. Eleonore, nein, Doña Rosita kam weiß gewandet heraus. Die Haare waren wild toupiert, der Vorhang umrahmte sie glühend rot. Sie verbeugte sich und riss dabei die Vorhänge runter. Die Bühne war schwarz. Sie sprang in den Zuschauerraum und zerrte Natalie auf die Bühne. Eleonore wickelte sie in einen Vorhang ein.

Natalie wurde über den Boden gezogen. Der Boden wurde kalt und knirschte. Ein grollendes Geräusch verkündete Unheil. Möwen schrien.

Jemand durchtrennte den Samt. Es war Eleonore. Sie schwieg, ließ nur das Messer fallen und ging langsam ins Wasser. Ihre Haare wehten im Wind. Ohne sich noch einmal umzudrehen, versank sie im Meer.

Natalie fühlte den großen kalten Stein unter dem roten Samt. Sie spürte den Wind, der über das Gesicht, über die Arme strich. Und sie versuchte, das Geräusch zu beschreiben, das jede Welle an Land warf. Irgendwie gurgelnd, klatschend. Und dann dieser Geruch nach Seetang und Muscheln. Ein Marienkäfer krabbelte durch den Sand.

Ein metallisches Geräusch erschreckte sie. Metall, das über den Sand kratzte. Sie drehte sich zur Düne. Männer in schwarzen Fräcken mit Zylindern hielten Sensen in den Händen. Aufgereiht mähten sie synchron die Düne. Ihre Sensen schabten klirrend den Sand. Sie kamen näher.

Natalie wollte fliehen, aber sie saß wie auf den Stein gegossen. Sie wusste, dass sie in einem Traum gefangen war, und die Männer kamen immer näher.

Natalie erwachte. Sie lag verschwitzt und erschöpft unter der Decke. Es war noch dunkel draußen. Sie hörte jemanden in der Küche hantieren. Sie musste erst einmal überlegen, wo sie war. Er war schon wach. Michael Maronde.

Sie stand auf und schlich ins Bad. Sie betrachtete die Perlenkette. Im Traum hatte Eleonore keinen Schmuck getragen. Eleonore. Sie war noch immer hier.

Nachdem Natalie geduscht hatte, ging sie wieder in Marondes Arbeitszimmer. Sie faltete die Decke und klopfte das Kissen auf. Dann packte sie die Taschen. Sie nahm das Seeglas aus der Dose und steckte es in die Jeans. Sie brachte die Taschen in den Flur und ging in die Küche. Es duftete nach

Kaffee und aufgebackenem Baguette.

»Guten Morgen.«

»Guten Morgen. Haben Sie gut geschlafen?«

»Ich habe geschlafen.«

»Man sagt, der Traum der ersten Nacht in einem fremden Bett geht in Erfüllung.«

»Besser nicht!«

Michael Maronde schien nach einer passenden Antwort zu suchen, aber es fiel ihm keine ein.

»Möchten Sie Kaffee?«

»Ja, gern.« Der erste Schluck heißen Kaffees war immer noch das Beste am Morgen.

Sie aßen schweigend.

Schließlich stand Natalie auf. »Ich gehe. Es gibt keinen Weg, den wir zusammen gehen können. Sie sind nicht frei.«

Er sah verwundert aus, schien aber auch erleichtert zu sein.

»Und Sie? Sind Sie frei?«

»Das weiß ich nicht.« Natalie holte das Seeglas aus der Jeans und legte es auf den Tisch. »Ich gebe Ihnen Ihre Wünsche zurück.« Sie ging in den Flur und zog sich den Mantel an.

Er kam in den Flur. »Ich fahre Sie.«

»Nein. Bemühen Sie sich nicht. Der Bus fährt ja direkt vor Ihrer Haustür ab.«

»Warten Sie!« Er reichte ihr eine Visitenkarte.

»Bitte rufen Sie mich an, wenn Sie Hilfe brauchen.«

Sie nahm die Karte und steckte sie ungelesen in die Manteltasche.

Er umarmte sie.

Sie ließ es geschehen.

»Sie duften wieder nach *Kenzo Amour*.«

Wieder spürte sie die Vibration seiner Stimme.

Er löste sich von ihr.

Sie nahm die Taschen und ging hinaus.

»Brauchen Sie Geld? Ihr Mann sagte, Sie hätten keins.«

»Da hat sich der kapitale Ehemann geirrt. – Ach ja, Ihre Frage kann ich jetzt beantworten: Beide verabschieden sich voneinander. Nur nicht zur gleichen Zeit. Zuerst verabschiedet sich der, der geht. Der, der bleibt, kann sich erst verabschieden, wenn der Schmerz nicht mehr weh tut. Adieu.«

»Auf Wiedersehen?«

Natalie ging zur Bushaltestelle und stellte die Taschen ab. *Ostmatten fegen Schnee* hatte jemand mit weißer Farbe an die Scheiben des Unterstandes gesprüht. Ostmatten? Wer hatte sich dieses Wort ausgedacht? Sie blickte zu seinem Haus, suchte seine Fenster. Ob er wohl hinter der Gardine stand?

Nachdenklich blickte sie auf die Reisetasche. Alles, was sie hatte, waren ein wenig Bekleidung und ein Ordner in einer Reisetasche.

»Nicht jedes Leben gelingt«, hatte der Pastor bei der Beerdigung ihres Vaters gesagt. Sie hatte ihn noch einmal auf der Intensivstation besucht. Der Alkohol hatte nicht viel von ihm übrig gelassen. Und das, was übrig war, hielten Geräte am Leben. Der Kopf war geschrumpft. Die Schwestern hatten ihn so gebettet, dass sie ihm vom Stuhl aus in den Mund sehen konnte. Die Zähne waren schwarz. Das Zimmer roch nicht nach *Tabac Original*, es roch schon nach Abschied.

Die Geliebte ihres Vaters hat mit dünnen Beinen und aufgedunsenem Leib vor seinem Grab gestanden und eine rote Rose hinein geworfen.

Natalie hat ein rot gefärbtes Ahornblatt fallen gelassen, das schaukelnd auf den Sarg gesegelt ist. »Du hast mich verraten«, hatte sie geflüstert. Jahre später hatte sie das verwilderte Grab einmal noch besucht.

Die Bustüren schlossen sich wieder, der Bus fuhr ab. Sie hatte ihn gar nicht bemerkt. Jetzt musste sie auf den nächsten warten. Sie konnte nur hoffen, dass Michael Maronde nicht hinter der Gardine stand. Sie schob die Hände in die Manteltaschen und fühlte die Visitenkarte. Sie zog sie heraus: *Architekturbüro Maronde.* Natalie zerriss die Karte und warf die Schnipsel in den Papierkorb. Doña Natalie blieb ledig, auch wenn sie kein Dach über dem Lammfellmantel hatte.

Aber sie hatte ja noch die Tabaksdose voller Geldscheine!

Auf dem Nordfriedhof ging Michael den vertrauten Weg entlang. Er beobachtete Frau Himmelreich, die mit gebeugtem Rücken das Grab harkte. Es hätte ihn auch gewundert, sie nicht hier zu sehen. Seit gut zehn Jahren kam sie täglich her, wie sie erzählt hatte. Auch bei solchem Wetter wie heute, wo einem die Feuchtigkeit in die Klamotten kroch. Seit er wieder zu Hause war, fühlte er die Kälte eher. Nur der schwarze Zeh fühlte nichts mehr. Wahrscheinlich gab es nur noch eine Lösung: absägen. Er sollte endlich mal zum Arzt gehen.

Frau Himmelreich hatte ihren toten Mann längst heiliggesprochen, er war der erste und einzige gewesen. Auf dem Grabstein stand: *Hier ruhen die Eheleute Rosalie und Theophil Himmelreich*. Nur Rosalies Sterbedatum fehlte noch.

»Stört es Sie nicht, jeden Tag Ihren Namen auf dem Stein zu lesen?« hatte Michael sie einmal gefragt.

»Nein. Wieso?« hatte sie geantwortet. »Die Sterblichkeitsrate auf der Erde liegt schließlich bei hundert Prozent. Und vor hundert Jahren sind die Menschen weniger zimperlich mit dem Tod umgegangen. Meine Mutter hatte mir mal erzählt, dass nach ihrer Hochzeit der Tischler ins Haus gekommen war, um die Schwiegereltern zu vermessen und deren Särge anzufertigen, die dann in der Scheune oben auf den Balken gelagert wurden.«

Michael überlegte, ob er in zehn Jahren immer noch jeden Sonntag zum Friedhof gehen würde.

Vor Eles Grab blieb er stehen: matschige Erde neben der kleinen knospenden Weide. Wenn sich die Erde endlich gesenkt hatte, würde er das Grab mit Efeu bepflanzen. In einen kleinen Findling würde er nur ihren Namen meißeln lassen.

Unerwartet wanderten seine Gedanken zu Natalie. Niemals hätte er geglaubt, dass sie vor seiner Tür stehen würde, hinter der er sich in seiner Trauer eingerichtet hatte.

Vom Fenster aus hatte er sie an der Haltestelle warten sehen. Noch hätte er zu ihr gehen können. Noch! Als der Bus gehalten hatte, war er ins Arbeitszimmer gegangen. Er hatte sich auf das Sofa gelegt und ihren Duft geatmet. Das Kissen hatte nach Vanille gerochen. In Gedanken hatte er sie noch einmal geküsst, obwohl er über sich selbst erschrocken war. Er hätte sie nicht auf das Kissen betten können, auf dem Ele gestorben war.

Natalie hätte es gewesen sein können, sie hätte ihn aus dem Brunnen ziehen können. Ja. – Aber sie hatte recht. Er war nicht frei. Sie waren sich zu früh begegnet.

Er schlenderte zum Ausgang. Ein paar Grabreihen weiter sah er die Frau, die er schon oft auf dem Friedhof gesehen hatte. Sie war wohl älter als er und trug immer Schwarz. Insgeheim nannte er sie die Schwarze Witwe, obwohl er nicht wusste, zu welchem Grabstein sie gehörte. Manches Mal schien es ihm, als wartete sie auf ihn. Sie näherte sich ihm aber nicht. Er fühlte sich wie auf der Lockjagd. Irgendwann würde sie ihn auf Schussentfernung anlocken, um ihn dann zu erlegen.

Eilig ging er davon.

## *Grau*

Die U-Bahn raste Richtung Tempelhof. Obwohl Natalie schon zwei Monate in Berlin war, machte ihr die Schnelligkeit noch immer Angst. In der vollen Bahn roch es nach Döner, süßem Parfüm und Schweiß.

Als die U-Bahn in Tempelhof hielt, stieg Natalie aus. In der U-Bahn-Station roch es wie in einer Gruft.

Auf dem stillgelegten Flugplatz atmete sie die Frühlingsluft. Die Luft in Berlin war jedoch dünner als in Rostock. Ihr Atem war hier flacher. Auch wehte an der Küste meistens ein Wind.

Die Brutzeit der Feldlerchen hatte begonnen, darum war die Grünfläche zwischen zwei Landebahnen seit Anfang April gesperrt. Das satte Gras war mit den gelben Blüten der Butterblumen betupft. Der Frühling mit seinen Farben war nur deshalb so dramatisch, weil es zuvor den tristen Winter gegeben hatte.

Auf dem Flugplatz tummelten sich Mütter mit Kindern, Inline-Skater, Läufer und Fahrradfahrer. Wo in Berlin war man schon allein?

Wie jeden Tag ging Natalie noch durch den Körnerpark. Sie setzte sich auf die Bank und sah den Gärtnern zu, die die Rabatten bepflanzten.

Es gab Maulwürfe, und es gab Grillen. Sie war jedoch eine Grille geworden, die nicht mehr spielte. Seitdem sie Walther verlassen hatte, hatte sie nicht mehr gemalt. Sie hatte nicht einmal mehr in ihr Skizzenbuch gezeichnet.

Sie ging zu den Jahreszeitenskulpturen. Die drallen Putten hatte ein Bildhauer aus vier Steinen geschlagen. Der Frühling hielt einen Blumenkranz, der Sommer Ähren und eine Sichel, der Herbst lehnte Trauben naschend am Füllhorn und der Winter stand frierend am Feuer mit einem schützenden Tuch gegen den eisigen Wind.

Schließlich schlenderte Natalie nach Hause. Nach Hause? Die Bude in der Ilsestraße 18 verdiente diesen Namen nicht. Direkt vor der Haustür stand ein Briefkasten der Deutschen Post. Es gab nur niemanden, dem sie hätte schreiben können.

Sie stieg die achtundsiebzig Stufen hinauf. Oben angekommen wusch sie sich die Hände. Dann ging sie in die Küche und setzte Wasser auf. Durch das Küchenfenster konnte sie auf eine riesige Balsampappel sehen.

Auf dem Baum saßen zwei Ringeltauben. Genauer betrachtet saß eine Taube auf der anderen. Natalie öffnete das Fenster. Es quietschte, und der aufgeplusterte Tauber hüpfte von der Taube.

Natalie brühte eine Tasse Pfefferminztee und trug sie ins kleine Wohnzimmer. Sie setzte sich in den Ohrensessel, den sie vom Sperrmüll geholt hatte. Er ähnelte dem Sessel mit den verblichenen Mohnblüten. Sie nippte am Tee und stellte die Tasse auf die umgedrehte Holzkiste, die ihr als Tisch diente. Darauf lag das Skizzenbuch, es war verstaubt. Sie nahm das Buch, wischte den Staub mit dem Ärmel ab und blätterte darin. Sie betrachtete die Frau ohne Hände, die traurig am Stein lehnte und den bärtigen Mann im Mantel auf dem Baumstamm. Wasserflecken waren auf dem Papier. Sie erinnerte sich an die Schneeflocken, die auf das Buch gefallen waren. »Snow is falling, snow is falling on the ground, in the forest, in the forest, there's no sound; a shallow grave is where we lie«, sang sie leise. Und dann legte sich die Traurigkeit über sie wie ein schwerer Soldatenmantel.

Alle Farben und Schwarz und Weiß ergeben Grau.

## *Nebel*

Der Novembernebel verschleierte die Bäume auf dem Nordfriedhof und legte sich kalt auf Michaels Gesicht. Der Zeh schmerzte, als sei er noch da. Dabei war er längst als ethischer Abfall hygienisch einwandfrei und sittlichem Empfinden entsprechend entsorgt worden. Vermutlich verbrannt, der schwarze Zeh samt Behälter.

Michael blickte auf Eles Grab. Der kleine Findling war mit Efeu überwuchert. Ein Jahr war Ele nun schon tot.

Vor einem Jahr war er nur wütend gewesen. Wütend darüber, dass er vieles nie wieder tun konnte. Nie wieder Ele sehen. Nie wieder mit ihr reden. Nie wieder neben ihr liegen. Sie nie wieder streicheln. Das hatte er nicht aushalten können. Er war geflohen und hatte wie ein Obdachloser in einem Rostocker Park gelebt. Gelebt? Gedarbt! Der fehlende Zeh würde ihn immer an diese Zeit erinnern.

Wie mochte es Ele inzwischen gehen? In der JoJo-Bar? Verwundert stellte Michael fest, dass er sich diese Frage bislang nicht gestellt hatte. Er hatte immer nur seinen Verlust beklagt. Er schloss die Augen und versuchte, sich Ele vorzustellen.

Plötzlich stand sie vor ihm, aber er sah sie nur verschwommen, wie auf einem verwackelten Foto. Dann fühlte es sich an, als schwölle die linke Brust auf Wassermelonengröße und als würde sie mit roter Farbe gefüllt, rot wie Mohn. Niemals zuvor hatte er ein solches Gefühl gehabt. Tränen liefen über die Wangen und er wünschte, dass das Gefühl dauern möge, ihr Bild auch.

»Ich mag Männer, die weinen können.«

Michael öffnete die Augen.

Die Schwarze Witwe reichte ihm ein Papiertaschentuch. »Haben Sie Lust, eine Tasse Kaffee mit mir zu trinken?«

Um ihre Mundwinkel waren bittere Züge.

Er wischte die Tränen mit der Hand ab. »Und ich mag Frauen ohne Heiratsblick, die zudem Distanz wahren können!«

Ihre Augen verengten sich. »Man sieht sich immer zweimal im Leben!«

»Und im Osten dreimal!«

Die Schwarze Witwe stelzte davon, der Nebel verschlang sie.

Michaels hohes Gefühl war auch davon.

»Sie sind nicht der erste Witwer, den sie locken wollte.«

Michael drehte sich um.

Rosalie Himmelreich stand auf die Harke gestützt

und lächelte. »Je älter die Scheune, umso heller brennt sie.«

Michael lachte. »Von Ihnen hätte ich diesen Spruch nicht erwartet.«

»Nun, manche Menschen werden im Alter böse. Manche milde. Manche aber auch schalkhaft. Tja. Wenn der Abend sich neigt, gehen halt die Lichter aus.« Sie seufzte tief.

»Darf ich Sie etwas fragen?«

»Fragen Sie!«

»Es ist privat ... nahezu intim.«

»Nur zu!«

»Was haben Sie mit den Sachen Ihres Mannes gemacht?«

»Unbedeutende Dinge habe ich verschenkt oder entsorgt. Bedeutende Dinge habe ich in den Fundus der Erinnerungen gebracht.«

»In den Fundus der Erinnerungen? Wo ist dieser Fundus?«

»Ein magischer Ort. Jeder findet ihn auf seine Weise. Suchen Sie ihn! Sie werden ihn finden!« Rosalie Himmelreich zwinkerte ihm zu. Dann trippelte sie mit der Harke zu Theophils Grab, zu ihrem Grab. Sie winkte ohne sich umzudrehen, wohl wissend, dass er ihr hinterher guckte.

Michael zog den Pfeifenbeutel aus der Manteltasche. Er stopfte die Pfeife und zündete sie an. Er zog an der Pfeife. Mit dem Pfeifenstopfer drückte er den Tabak runter.

Michael behielt den trockenen kühlen Rauch im Mund, der Rauch schmeckte nach Vanille. Genüsslich stieß er den Rauch aus. Es war die erste Pfeife seit Langem, die ihm schmeckte.

Natalie zog die Stiefel und den Lammfellmantel an und stieg die achtundsiebzig Stufen hinab. Als sie die Haustür öffnete, schlug ihr eisige Luft entgegen. Sie setzte die Kapuze auf und ging zu den Putten im Körnerpark. Die Farben des Jahres waren verblasst wie diese Steine. Der Winter hatte alles wieder mit eisigen Tüchern bedeckt. Natalie war es, als trüge auch sie einen Mantel aus Eis. Gute Momente hatte sie bislang nicht gehabt, und das Geld ihrer Mutter war fast aufgebraucht.

Sie verließ den Körnerpark und ging ziellos durch die Straßen. Mit großen Taschen beladene Menschen hetzten an ihr vorüber der Weihnacht entgegen, in einer Woche war Heiligabend.

Auf einer Brücke blieb sie stehen. Sie hielt sich an der Brüstung fest und blickte hinunter auf die S-Bahn-Gleise. Sie hatte mal gelesen, dass Selbstmörder nicht ihr Leben beenden, sondern nur den Schmerz töten wollen.

Eine alte Frau gesellte sich zu ihr. Sie trug einen dunkelblauen Wollmantel. Ein Witwenbuckel zwang sie zu einer demütigen Haltung. Ein paar weiße Haarsträhnen lugten aus dem bunten Kopftuch, das sie unter dem Kinn gebunden hatte. Das Leben hatte Furchen in ihr Gesicht gezeichnet, dennoch sah sie gütig aus.

»Person unter Zug heißt es später im Protokoll! Haben Sie eine Ahnung, wie es dem Lokführer geht, der vor kurzem Robert Enke überfahren musste?«

Natalie schwieg.

»Sie werden nicht springen!«

»Nein.«

»Ich bedaure all die Jahre, in denen ich so traurig gewesen bin wie Sie. Im Nachhinein hätte ich diese Zeit gern besser genutzt. Vergeuden Sie nicht Ihre Zeit!« Die Frau ging in gebeugter Haltung davon. Einmal noch drehte sie sich um und lächelte ihr zu.

Als die alte Frau in der Menge verschwunden war, löste sich Natalie von der Brüstung und ging weiter. Vor einer Litfaßsäule blieb sie erneut stehen. Eines der Plakate warb für die Vorstellung *Quarrtsiluni* im Lusorium Klangraumtheater:

*Jeder Verlust veranstaltet einen ungeheuren Lärm in uns. Denn er will übertönen, dass in der Stille der Seele schon längst eine neue Melodie entstanden ist.*

Sie hatte Weidenknospen im Eismantel gemalt. War unter ihrem Eismantel etwa auch eine Knospe?

Neben dem Plakat hing eine Anzeige:

> *Harry Gunsch sucht weibliche Modelle für Aktmalerei. Gute Bezahlung garantiert. Berlin Mitte, Steinstraße 3.*

Der Maler Harry Gunsch? Den Namen hatte sie noch nie gehört. Aber vermutlich kannte auch niemand die Malerin Natalie Winter. Ein paar Telefonnummern am unteren Rand waren schon abgerissen. *Geld ist Zeit* hatte ihre Mutter geschrieben. Dann würde Natalie die Zeit eben nackt verdienen, auf der anderen Seite der Staffelei.

Sie riss eine Telefonnummer ab.

## *Kram*

Mit dem Rucksack und dem Koffer stapfte Michael schon eine gefühlte Ewigkeit durch den Schnee. Was für eine Saukälte das war! Andere Leute saßen derweil im warmen Wohnzimmer, hatten auch die vierte Adventskerze angezündet und tranken Tee oder Kaffee oder besser noch Grog mit viel Rum, etwas Zucker und wenig Wasser.

Vor einer Mauer mit verwitterten Steinen stellte Michael das Gepäck ab. Erschöpft lehnte er sich an die rauen Steine. Wie hatte er nur so einfältig sein können, dem Geschwätz einer alten Frau zu glauben. Es gab keinen Fundus der Erinnerungen. Was für ein Unsinn!

Plötzlich war ihm, als fühlten sich die Steine glatt an, so als seien sie aus Metall. Er drehte sich um und entdeckte in der Mauer eine verrostete Eisentür. Es war wohl die Kälte, die sein Hirn eingefroren hat, sonst hätte er die Tür doch vorher bemerkt.

Er öffnete die Tür, die in den rostigen Scharnieren knarrte. Hinter der Tür war ein von Scheinwerfern beleuchteter, steinerner Schlund, an dem eine Wendeltreppe mit gusseisernen Stufen befestigt war. In die Stufen waren Muster aus Efeublättern gearbeitet. Das Geländer war niedrig. Der Blick in die Tiefe war nichts für Feiglinge. Michael zählte zwölf Podeste auf der Treppe, die jeweils im Winkel von neunzig Grad angebaut waren. Er nahm das Gepäck und stieg die Stufen hinab.

Am Ende der Treppe war ein Gang, der in einen riesigen Saal führte, der ebenfalls mit Scheinwerfern beleuchtet war. Der Saal sah wie ein Theaterfundus aus. Er war voll gestellt mit Kram. Überall waren Regale und Kleiderstangen und Möbel. Er spürte einen kalten Luftzug im Nacken, eine seltsame Stille umgab ihn. Wie hatte Rosalie Himmelreich gesagt: »Ein magischer Ort«.

Michael stellte das Gepäck ab. Er ging durch den Saal und betrachtete all die Erinnerungen an diejenigen, die vorausgegangen waren.

Da waren Fotoalben. Kristallgläser. Porzellangeschirr mit Streublumen. Bücher. Eine Stehlampe mit Trotteln am Schirm und ein alter Lehnsessel. Eine mechanische Olympia-Schreibmaschine, deren E-Taste fehlte. Silberbesteck. Orden. Beschriebene Bierdeckel. Pokale. Tagebücher. Mit Schleifen zu Bündeln gebundene Briefe. Ein ausgestopfter Wolf glotzte ihn aus glasigen Augen an wie die Puppe im zerlumpten Kleid. Glasaugen in Puppen und ausgestopften Tieren hatten ihm als Kind schon Angst eingeflößt. Sein Vater hatte mit ausgestopften Tieren das Wohnzimmer dekoriert und den Boden mit Wildschweinfellen ausgelegt. Darum hatte er nie Jäger werden wollen. Neben der Puppe saß ein Teddybär mit einem ersatzweise gehäkelten Ohr und einem schmuddeligen Strickpullover.

An einem Rasenmäher lehnte ein Ölschinken. Es war ein Seestück. Als er das letzte Mal in Warnemünde am Meer gewesen war, war es frostig, aber sonnig gewesen. Raureif hatte die Landschaft märchenhaft verzaubert. Auf den vereisten Steinen am Ufer war er ausgerutscht und schmerzhaft neben den Buhnen aufgeschlagen. Die Buhnen hatten weiße Eismützen mit Zapfenrand getragen. Zwischen den Buhnen hatte eine rote Rose gesteckt. Die Blütenblätter waren mit Raureif überzuckert gewesen. Diese Rose hatte jemand bei einer Seebestattung ins Meer geworfen, und das Meer hatte die Rose an Land gespült. Die Zeichen der Vergänglichkeit waren Michael vor Eles Tod nie aufgefallen. Vielleicht war es ja gut, dass das Leben endlich war. Hätte man unendlich viel Zeit, würde man vermutlich in Belanglosigkeiten verweilen.

Michael sah sich suchend nach einem Platz um. Neben einer hölzernen Truhe mit Messingbeschlägen, auf der mehrere Teppichrollen lagen, fand er schließlich ein leeres Regal. Er holte den Koffer und den Rucksack und sortierte die Sachen ein: den Lodenmantel, die Fellmütze, die Handschuhe und die Filzstiefel. Das Parfüm *Eternity*, die Flasche mit dem roten Nagellack, die Holzschale mit den Schuppen von Kajador. Das kleine Foto mit Ele als Amalia. Das große Foto aus der Küche und das Textbuch von *Doña Rosita bleibt ledig*. Bevor er die Perlenkette zu den anderen Dingen legte, ließ er sie noch einmal durch die Hand gleiten. An den Perlen klebte noch immer die Theaterschminke.

Er schob den Koffer und den Rucksack ebenfalls ins Regal. Da spürte er wieder einen Luftzug im Nacken. Er horchte, aber es war nur Stille, die ihn umgab. Er schloss die Augen. Plötzlich war ihm, als schwölle sein Bauch wie der Leib einer Schwangeren, und er fühlte einen Frieden wie niemals zuvor. »Ele ... Wir sehen uns in der JoJo-Bar! Bis dahin wird mich dein Pfeifenbeutel immer an dich erinnern.«

Michael ging zum Gang, der zur Wendeltreppe führte, und stieg die gusseisernen Stufen hinauf. Die Eisentür knarrte wieder in den Scharnieren, als er sie öffnete. Hätte er eine Dose WD-40 dabei gehabt, hätte er das Problem behoben.

Er schloss die Tür. Die eisige Luft nahm ihm den Atem. Zu Hause würde er sich erst einmal einen

Grog machen, am besten ohne Wasser.

Michael sah sich noch einmal nach der verrosteten Tür um, aber er sah nur eine Mauer aus verwitterten Steinen.

## *Moment*

Es war trüb an diesem Montag, am vierten Tag im neuen Jahr, das so eisig begonnen wie das alte geendet hatte.

Die Straßenreinigung kehrte leere Flaschen, zerfetzte Böller und Papierschlangen auf.

Natalie verharrte vor dem Mietshaus in der Steinstraße 3, sie könnte ja auch in einer Kneipe kellnern oder Regale im Supermarkt einräumen.

Geld ist Zeit! Dann stieg sie die ausgetretenen Stufen in dem düsteren Treppenhaus hinauf und klingelte bei Harry Gunsch.

Ein Mann mit grauem Zopf öffnete die Tür. Er trug ein ausgewaschenes Flanellhemd und eine fleckige Latzhose.

»Guten Tag. Ich bin Natalie Wodrich.«

»Ich habe schon auf Sie gewartet. Bitte kommen Sie herein.«

Als sie an ihm vorbei ging, nahm sie den würzig herben Geruch wahr. Er roch nach *Tabac Original!*

Durch den engen Flur führte er sie in ein karg möbliertes Atelier. Vor dem Fenster standen eine Staffelei und ein Tisch mit Malutensilien. An der Wand lehnten bemalte Leinwände. Es waren ausschließlich weibliche Akte mit gespreizten Beinen. Ein runder Tisch mit einer Flasche Whisky und zwei Gläsern stand neben einem alten Ledersofa. Auf dem Boden stapelten sich Foto- und Kunstkataloge.

Harry Gunsch wies auf den Kleiderständer. »Bitte machen Sie sich schon mal frei.«

»Ist ja wie beim Doktor. Meine Lunge ist frei!« War es das würzig herbe Aftershave oder der Whisky oder beides zusammen? Natalie fühlte sich elend, dennoch zog sie sich aus. »An was für eine Pose hatten Sie gedacht?«

Mit nikotingefärbten Fingern reichte er ihr einen Fotokatalog. Auf dem Titelbild war das Foto einer nackten Frau, die auf einer Bank kniete und sich akrobatisch hintenüber gebeugt hatte.

»Ich habe nicht vor, bei den Olympischen Spielen in der rhythmischen Sportgymnastik zu starten!« Sie gab ihm den Katalog zurück.

Harry Gunsch grinste. »Einen Versuch war es mir wert.« Er tauschte den Fotokatalog gegen einen Kunstkatalog und zeigte ihr ein Foto von Tizians Sündenfall.

»Rubens hat den Sündenfall auch gemalt.«

»Ja, aber der hatte nicht so ein Magermodell.«

Magermodell! *O du Falada, da du hangest!*

Natalie verlagerte das Gewicht auf das rechte

Bein. Das andere winkelte sie locker an. Sie neigte sich nach links einem imaginären Baum zu und griff mit dem linken erhobenen Arm nach der imaginären verbotenen Frucht. Den rechten hielt sie, als stütze sie sich an einem Ast ab. Was für eine blöde Pose! Hoffentlich brauchte er nicht ewig für den Sündenfall von Gunsch.

Er drückte die Tuben auf die Palette und mischte die Farben während des Malens. »Malen Sie eigentlich auch?«

»Ich habe einfältig Leinwände bekleckst, aber das ist lange her.«

Als Natalie die Pose nicht länger halten konnte, stellte er endlich die Pinsel in den Wasserkrug und wischte mit einem Lappen die Hände ab. Dann schenkte er Whisky in die beiden Gläser und kam zu ihr. Sein würzig herber Geruch war aufdringlich. Er gab ihr ein Glas.

Sie nahm es, trank jedoch nicht, auch wenn der Alkohol ihre Muskeln entspannen würde.

Er trank den Whisky in einem Zug, als müsse er sich Mut antrinken. Einen Augenblick später griff er wollüstig in ihr Schamhaar.

Reflexartig goss sie ihm den Whisky ins Gesicht und ließ das Glas fallen, das Glas zersplitterte.

Harry Gunsch gefror sogleich, als hätte sie ihn mit Vereisungsmittel übergossen.

Nachdem er wieder getaut war, trocknete er mit dem Ärmel sein Gesicht. Er zog einen Hundert-Euro-Schein aus der Latzhose und ließ ihn fallen. »Ich gehe jetzt. Und wenn ich in einer Viertelstunde zurück bin, dann sind Sie nicht mehr hier! Auf Wiedersehen!«

»Besser nicht!«

Mit schwerem Atem verließ er türenknallend das Atelier.

Natalie zog sich schnell an.

*O du Jungfer Königin, da du gangest, wenn das deine Mutter wüsste, das Herz tät ihr zerspringen.*

Sie war schon an der Wohnungstür, als sie entschlossen umkehrte. Sie nahm einen Pinsel und malte weiße Flügel an den Akt, der mit ihr so viel Ähnlichkeit hatte wie ein Traktor mit einem Ferrari. Es war seltsam, einen Pinsel zu halten.

Das letzte Mal war, als sie das Kirschblütenbild gemalt hatte. Nein! Als sie die Staffelei und Walthers Portrait schwarz gestrichen hatte. Das war vor knapp zehn Monaten gewesen. Auf einen Flügel malte Natalie ihre Initialen, rot wie Mohn und in großen Buchstaben! Womöglich war in der Stille ihrer Seele längst eine neue Melodie entstanden.

Schließlich hob sie den Hundert-Euro-Schein auf und drückte ihn in die nasse Farbe der verbotenen Frucht. Adam wird sich wundern, aber die Leinwand auf der anderen Seite des Baumes war noch weiß.

Das war doch mal ein guter Moment!

Walther fuhr den Rechner runter und knöpfte den Kittel auf.

Es klopfte.

»Ja, bitte.«

Schwester Ines öffnete die Tür. »Herr Doktor Winter, da ist noch eine Schmerzpatientin gekommen. Soll ich sie annehmen?«

»Ja. Führen Sie sie schon mal ins Behandlungszimmer.«

»Eine alte Frau, sie heißt übrigens auch Winter.« Schwester Ines schloss die Tür.

Walther fuhr den Rechner hoch und knöpfte den Kittel wieder zu. Dann ging er ins Behandlungszimmer. »Welcher Zahn ist es denn?«, sagte er lächelnd zu Schwester Ines über den Kopf der Patientin hinweg.

»Kein Zahn. Das Herz.« Die weiß gelockte Frau knetete die Handtasche aus Leopardenfell. »Waldi ... Bitte vergib mir!« Tränen liefen über ihre eingefallenen Wangen.

In ihrem Gesicht erkannte er seine Züge.

Walther fühlte sich, als hätte er den Bauch voller Rosenbohrer.

Seine Mutter zog einen Brief aus der Leopardentasche.

Den Brief erkannte er wieder.

»Waldi, ich hatte dir diesen Brief geschrieben. Darin habe ich alles erklärt. Aber du hast ihn nicht geöffnet, du hast ihn einfach nur zurückgeschickt.« Sie drängte ihm den Brief auf.

Walther stand wie schockgefroren da. Dann blickte er zu Schwester Ines.

Die sah ihn nur irritiert an.

»Du hast es weit gebracht, du kannst stolz auf dich sein ... Ich werde bald sterben. Bitte vergib mir vorher noch. Waldi, bitte!«

Stolz? Ja, er hatte es weit gebracht, aber er hatte nur studieren dürfen, weil er inoffizieller Mitarbeiter der Staatssicherheit geworden war. Fünfzehn lange Jahre war er *IM Waldi* gewesen. Niemand hatte ihn danach Waldi genannt. Und das war auch gut so!

»Sie haben sich in der Praxistür geirrt. Ich kann Ihre Schmerzen nicht lindern. Ich bin Zahnarzt und kein Schmerztherapeut. Schwester Ines wird Sie hinausbegleiten.« Walther ging mit rasselndem Atem aus dem Zimmer und knallte die Tür zu.

Natalie ging die sieben Stufen zum Haus hinauf und trat auf dem Rost die Stiefel ab. Sie las das Schild auf dem Briefkasten: *C. Krupke/Dr. W. Winter.*

Ihr Herz schlug schneller.

Schließlich klingelte sie.

»Ja, bitte?«, hörte sie Walther aus der Gegensprechanlage fragen.

Sie hatte sich nicht überlegt, wie sie sich melden sollte!

»Wer ist da?«

»Natalie.«

Wie lange kann ein Schweigen dauern?

Sie hörte ihn sich räuspern, dann knackte es in Sprechanlage. Was, wenn er sie einfach hier draußen stehen ließ?

Walther öffnete die Eichentür. Er trug ein weißes T-Shirt und Bluejeans. Seine längeren Haare wellten sich, die weiße Strähne hinterm Ohr lockte sich.

»Was willst du!«

»Mit dir reden.«

»Dann komm mal kurz herein.«

Sie folgte ihm durch den Windfang in die Halle

mit den dunkel getäfelten Wänden und dem steinernen Kamin. Die Wand daneben war durch eine gläserne ersetzt worden, die knarrende Wohnungstür auch. Die alte Truhe und die Rüstung standen noch immer im Flur. Über dem Harnisch hing ein rotes Cape wie das Tuch eines Toreros. Natalie zwinkerte dem Blechmann heimlich zu.

Walther öffnete die Wohnzimmertür und ließ sie eintreten.

Die dunklen Stilmöbel von Walthers Großeltern waren verschwunden. Im Zimmer standen teure Massivholzmöbel mit abgerundeten Ecken und eine rote Ledercouchgarnitur. Wie hatte die Frau von der Speisekarte das nur geschafft?

Sie hätte nicht einmal das Sofa verrücken dürfen!

»Die zweite Frau hat einen goldenen Hintern«, hatte ihre Mutter einmal gesagt.

»Wer stört?«, rief eine Frauenstimme.

Walther räusperte sich.

Aus der Küche kam eine Frau mit schwarzem Pagenschnitt in einem straff gebundenen Wickelkleid und schaute Natalie irritiert an.

Walther räusperte sich erneut. »Das ist Natalie und das ist Car–«

»Ich bin Carlotta Krupke.«

Natalie wandte sich zu Walther. »Ach ja? Die Frau von der Speisekarte!«

»Wie bitte?«, fragte die Krupke.

»Am Tag, bevor ich gegangen bin, habe ich dich eng umschlungen mit ihr auf dem Schillerplatz gesehen.« Natalie vergrub die Hände in den Manteltaschen. Sie schwitzte in dem Lammfellmantel. »Walther, können wir beide ungestört reden?«

»Sag, was du zu sagen hast!«

»Nun ... Ich möchte gern die Schatulle mit meinen Kinderfotos haben, meine Bilder und den Ohrensessel meiner Mutter.«

Walther räusperte sich mehrmals.

Die Krupke lachte schallend. »Die Schatulle mit den Fotos und den alten Sessel mit dem zerfledderten Buch in der Seitentasche habe ich auf dem Sperrmüll entsorgt! Ihre anderen Sachen auch. Und die Bilder habe ich verkauft. Alle Bilder.«

Natalie fühlte das Messer in der Brust.

Die Krupke lachte wieder. »Der blühende Baum hat sich besonders gut verkaufen lassen.«

Natalie ballte die Fäuste in den Manteltaschen.

»Ihr Atelier ist jetzt mein Arbeitszimmer.« Die Krupke drückte sich demonstrativ an Walther.

Sie war das Weibchen, das der Alpha-Wolf gewählt hatte. Zu dumm nur, dass der Alpha-Wolf zeugungsunfähig war.

»Nicht wahr, Waldi«, sagte sie lasziv.

»Nenn mich nicht Waldi! Nie wieder! Ich heiße

Walther!« Er schob sie zur Seite.

Die Krupke sah ihn entsetzt an.

Seine heftige Reaktion überraschte Natalie ebenso. Sie hatte ihn niemals Waldi genannt, das passte gar nicht zu ihm. Sie holte tief Luft. »Walther! Ich bitte dich nur um eines: Reich die Scheidung ein! Auf Unterhalt und Zugewinn verzichte ich. Ich will nur frei sein!« Sie zog den Zettel aus der Manteltasche. »Meine Adresse.«

»Du wohnst in Berlin?«

»Ja.«

»Allein?«

Sie zögerte erst, dann antwortete sie. »Ja.«

»Nati?«

»Nenn mich nicht Nati! Nie wieder! Ich heiße Natalie!«

»Nati ... entschuldige –«

»Das ist alles. Adieu, Walther!«

»Ich bringe dich hinaus.« Er reichte ihr unbeholfen die Hand.

Sie ignorierte die Geste. »Danke. Ich kenne den Weg.« Sie ging hinaus und schloss die Tür.

Im Flur schlug sie dem Eisenmann in die Brust, dass es krachte. »Tut mir leid, aber dich wird die Krupke auch noch auf dem Sperrmüll entsorgen.«

Sie zog die gläserne Wohnungstür zu.

Die alte Frau Wodrich kam aus dem Keller geschlurft. Sie lächelte, als sie Natalie erkannte. »Frau Winter, kommen Sie zurück?«

»Nein.«

»Das kann ich verstehen. Früher war Ihr Mann der Herr, jetzt hat er eine Herrin.« Sie schüttelte den Kopf.

»Wo ein Herr ist, ist ein Diener.« Natalie gab der alten Frau Wodrich die Hand. »Auf Wiedersehen.«

»Auf Wiedersehen?«

Natalie trat aus dem Windfang. Die Eichentür fiel hart ins Schloss. Sie fühlte sich seltsam, irgendwie namenlos. Ihr gehörten nur noch die Erinnerungen.

Auf dem Gehweg stieß Natalie mit einer kleineren Frau zusammen. »Entschuldigung.«

Es war die Dame im Nerzmantel mit der Leopardenhandtasche. Entweder war der Mantel gewachsen, oder die Dame war geschrumpft. Mutmaßlich letzteres.

»Oh!« Die Dame nahm einen Brief aus der Tasche. »Den Brief habe ich an Walther geschrieben. Bitte lies ihn, Natalie!«

»Sie kennen meinen Namen?«

»Ja, schon lange. Walther hat den Brief leider nie gelesen. Wenn du ihn liest, wirst du ihm vielleicht verzeihen können.«

Ein an Walther geschriebener Brief rechtfertigte nicht, dass die Dame sie duzte.

»Übrigens Natalie, deine Bilder haben mir immer gefallen.«

Natalie blickte zu ihren Stiefeln, die unter dem langen Mantel hervorlugten. Sie trug etwa Größe vierzig.

»Besonders gefallen hat mir der blühende alte Baum. Er hatte so etwas Schönes, Aufbrechendes, aber auch Vergängliches.«

»Das Bild habe ich verloren. Alle anderen auch.«

»Du kannst neue Bilder malen.« Sie atmete tief ein und aus. »Ich habe Knochenkrebs im letzten Stadium ... ich werde mich bald verwandeln ... aber noch fürchte ich mich davor.«

Natalie hielt schweigend ihrem Blick stand. Schließlich nahm sie den Brief.

Die Dame nickte dankbar. Dann drehte sie sich wortlos um und ging auf wackligen Beinen in dem zu großen Mantel davon. Der Saum schleifte über den Gehweg.

Es schneite. Die Geräusche der Stadt verirrten sich in den Hohlräumen der Schneekristalle und fanden nicht mehr hinaus.

Natalie ging zum letzten Mal durch den Lindenpark, noch einmal würde sie nicht herkommen.

Eine schwarz gekleidete Frau und ein riesiger Hund kamen ihr von weitem entgegen. Die Schwarze und Elvis-tut-nix! Es gab also noch etwas, das beständig war. Vorsichtshalber bog sie an der nächsten Wegkreuzung ab und ging auf einem Umweg zu dem Baumstamm bei den dicht stehenden Eiben.

Im Schnee waren frische Spuren. Sie mussten von einem Mann stammen, der etwa Schuhgröße fünfundvierzig trug.

Auf dem Baumstamm schimmerte etwas Blaues unter einer dünnen Schneeschicht. Sie schob den Schnee beiseite und fand drei blaue Scherben. Es war das Seeglas, das sie Michael Maronde in Leipzig zurückgegeben hatte. Er war hier gewesen! Und sie hatte ihn verpasst. »Wer weiß, wozu das gut ist«, hätte ihre Mutter vermutlich gesagt.

Natalie steckte das Seeglas in die Manteltasche

und setzte sich auf den Stamm. Sie holte den Brief der alten Dame aus der Tasche. *Für Walther Winter, Blücherstraße 69, x25 Rostock* stand auf dem abgegriffenen, vergilbten Umschlag. Die Schleifen der *W*s sahen schwungvoll geschrieben aus. Absender war Maria Smilonsky aus der Eggersallee zwei in Hamburg. Maria Smilonsky! Nun wusste Natalie endlich, wie die alte Dame hieß. Sie riss den Umschlag auf, und nahm den Brief heraus. Der Brief war mit Tinte geschrieben worden.

*Hamburg, den 19. März 1971*

*Lieber Waldi,*
*kennst du diesen Witz? Unterhalten sich zwei DDR-Bürger: »Wie findest du die Mauer?« – »Besser als Einzelhaft!« Dein Vater hat seit Jahren nach einer Möglichkeit gesucht, der Massenhaft zu entkommen. Er hatte schon einen Plan ausgetüftelt, um in einer Nebelnacht mit dem Faltboot über die Ostsee zu fliehen, aber es war ihm zu riskant gewesen. Als er im vergangenen Sommer zur Silberhochzeit seines Bruders nach Hamburg reisen durfte, hatte er die Chance genutzt und war geblieben. Dann bekam ich die Nachricht, dass mein Mann im Sterben lag. Ich durfte auch reisen, um mich von ihm verabschieden zu können. Es war natürlich ein Trick, den er sich schon zu Hause ausgedacht hatte. Ich bin gefahren. Und ich bin geblieben! Bitte vergib mir!*

*Dein Onkel hat uns geholfen, hier in Hamburg neu zu beginnen. Das war hart. Dann passierte das, was man gemeinhin als Ironie des Schicksals bezeichnet: Am 8. Januar war dein Vater mit dem Auto seines Bruders unterwegs zu einem Vorstellungsgespräch. Die Temperatur lag zwischen null und drei Grad. Es regnete. Der Regen war teilweise gefroren. Dein Vater war mit dem Wagen von der Fahrbahn gerutscht und gegen einen Baum geprallt. Er war sofort tot. Es ist so unwirklich. Ich kann es immer noch nicht fassen. Es ist wie in einer Nacht, die kein Morgen hat. Es gibt Tage, da komme ich nicht aus dem Bett. Ich schlucke packungsweise Beruhigungspillen.*

*Du wirst fragen, warum ich erst jetzt schreibe? Nun, weil ich inzwischen Zweifel daran hege, ob unsere Entscheidung, dich hinter der Mauer zu lassen, richtig gewesen ist. Aber wir glaubten, dass wir nicht das Recht haben, über dein Leben zu entscheiden.*

*Wenn du auch nach Hamburg kommen möchtest, dann finden wir einen Weg. Wir könnten uns gegenseitig stützen. Überleg es dir und schreibe bitte an die Absenderin. Maria Smilonsky ist mir eine gute Freundin geworden in dieser bleiernen Zeit.*

*Lass diesen Brief bitte auch Oma und Opa lesen. Ich bitte sie auch, mir zu vergeben! Ich kann ja nur noch für mich bitten. Nicht mehr für ihren Sohn. Es tut mir leid.*

*Deine Mutter, die diese Bezeichnung nicht mehr verdient.*

*Christa.*

Schneeflocken fielen auf das Papier. Die Flocken hinterließen Flecken, und die Tinte verlief.

Die alte Dame war Walthers Mutter! Christa Winter. *W.* wie Winter. Die alte Frau Wodrich hatte recht, es war nicht ihre Silbergabel gewesen. Jetzt verstand sie Walthers heftige Reaktion, als die Krupke ihn Waldi genannt hatte. Seine Mutter hatte ihn so genannt. Sie hatte ihn genauso verraten, wie Natalies Vater es mit ihr getan hatte!

»Snow is falling, snow is falling on the ground, in the forest, in the forest there's no sound«, sang Natalie leise.

Sie ließ den Brief in den Schnee fallen, den Briefumschlag auch.

*

»Natalie?«

Sie fuhr zusammen.

Michael Maronde trug den dunkelgrauen Mantel aus weichem Leder. »Entschuldigen Sie bitte, ich wollte Sie nicht erschrecken. Darf ich mich zu Ihnen setzen?« Er setzte sich neben sie auf den Baumstamm.

»Sie sitzen ja schon.« Natalie sah in seine verschieden farbigen Augen. »Sie haben sich in diesem Park verirrt.«

»Nein. Ich war schon so oft hier, um Sie zu finden.«

»Mich?«

»Ja. Ich kenne sonst niemanden in der Stadt, nicht einmal beruflich. Auf der Autobahn hatte ich plötzlich das Gefühl, dass ich umkehren sollte. Ich bin jetzt frei. Sind Sie es auch?«

Natalie schwieg.

»Sind Sie frei?«

»Ja. Seit heute. Der kapitale Ehemann brunftet. Lange schon.«

»Frei ist frei.« Michael Maronde warf lachend den Kopf in den Nacken. Er legte seine Hand auf ihre, seine Hand war warm. »Wir haben zwei Möglichkeiten. Entweder wir übernachten hier auf dem Baumstamm. Nicht gemütlich in einem Wolfsmonat, das kann ich Ihnen sagen, auch wenn der Neue gerade die Erde mit einem sauberen Leinentuch bedeckt. Oder ich fahre Sie nach Leipzig zu unserem neuen Zuhause?« Er schmunzelte.

Warum fanden wichtige Ereignisse in ihrem Leben immer in einem Winter mit viel Schnee statt? Natalie fühlte seinen festen Händedruck. »Na, da bin ich mal gespannt auf unser neues Zuhause.« Sie sprang auf und tat, als zöge sie einen Mantel aus und als würfe sie ihn auf den Baumstamm.

»Was tun Sie da?«

»Ach, ich lasse nur meinen Eismantel hier.«

»So, so.« Dann tat er so, als zöge er den linken Schuh aus, als streife er den Strumpf ab, als bräche er den kleinen Zeh ab, und als würfe er ihn auf den Eismantel.

»Und was tun Sie da?«

»Ach, ich lasse nur meinen Zeh hier.« Er stand auf.

»Ja, wenn Sie nur den Zeh hierlassen, müssten Sie dann den Strumpf und den Schuh nicht wieder anziehen?«

Er nahm sie lachend in den Arm und führte sie hinaus aus dem Park zu seinem Wagen.

Mit einem Mal waren die wenigen Farben um sie herum satter, als hätte sie jemand neu gemischt.

Es war schon spät, als sie endlich in der Leipziger Innenstadt ankamen. Es hatte unaufhörlich geschneit, sodass sie schon befürchtet hatten, auf der Autobahn zwischen den Schneewehen, die das Tief *Daisy* gebracht hatte, liegen zu bleiben.

Natalie sah in die beleuchteten Wohnstuben fremder Leute. Was taten sie in dieser Winternacht? Und, waren sie glücklich?

Michael Maronde führte sie zu einem Mehrfamilienhaus.

Im orangen Schein der Straßenlaterne erkannte Natalie, dass die Fassade mit blumigem Stuck verziert war.

Er öffnete die Haustür und führte sie durch einen sonnengelben Hausflur über eine helle Treppe in den ersten Stock. Er schloss die Wohnungstür auf und schaltete das Licht an. In der Lampenfassung war nur eine Glühbirne. Dann berührte er sie mit den Fingerspitzen zwischen den Schulterblättern und schob sie in den geräumigen Flur.

»Ich bin erst vor kurzem eingezogen. Es ist alles noch provisorisch, denn ich wollte die Wohnung mit Ihnen zusammen einrichten.« Er nahm sie an die Hand und ging mit ihr in das erste Zimmer. »Das ist das Wohnzimmer.«

Ein großes Zimmer mit zwei hohen Fenstern. Es war leer.

»Die Küche.«

Die Anschlüsse ragten aus der Wand. Aus zwei Böcken und einem Brett hatte er einen Tisch gebaut. In einer Holzkiste darauf war Geschirr und Besteck. In einer anderen ein paar Lebensmittel.

»Das Bad.«

Es war dunkelblau gefliest. Seine Waschtasche lag auf dem großen Waschtisch. Daneben standen zwei Zahnputzbecher. Ein benutzter und ein sauberer mit einer verpackten Zahnbürste. Ein Stapel Handtücher. Und ein fuchsiafarbener Flakon *Kenzo Amour*.

»Mein Arbeitszimmer.«

Sein Schreibtisch bestand ebenfalls nur aus einem Brett auf zwei Böcken. Ein paar Kartons standen in der Ecke.

»Was ist mit den anderen Dingen aus Ihrer alten Wohnung geschehen?«

»Nun. Die Möbel habe ich verschenkt. Die bedeutenden Dinge von Ele habe ich in den Fundus der Erinnerungen gebracht.«

»In den Fundus der Erinnerungen? Davon habe ich noch nie gehört!«

»Das hatte ich vorher auch nicht. Eine alte Witwe

auf dem Friedhof hat mir davon erzählt. Den Fundus findet jeder auf seine Weise. Ich fand ihn hinter einer rostigen Eisentür in einer alten Mauer. Über eine Eisentreppe hinab kam ich in einen riesigen Saal. Der Saal sah wie ein Theaterfundus aus. Überall war Kram. Alles, was ein Leben so brauchte. Ein Leben? Viele Leben. Dorthin habe ich die Erinnerungen an Ele gebracht. Die Fotos. Das Textbuch. Das Parfüm und den Nagellack.«

»Die Perlenkette auch?«

Michael Maronde stutzte. »Auch die Perlenkette.«

»Kann man die Sachen zurückholen?«

»Das weiß ich nicht. Es kommt wohl darauf an, ob man den Ort wiederfindet.« Behutsam schob er sie in das nächste Zimmer. »Ihr Atelier.«

»Mein Atelier?« Natalie entdeckte eine Staffelei, Farben, weiße Leinwände und Pinsel.

»Ich habe mich beraten lassen, aber ich weiß nicht, ob ich das Richtige gekauft habe.«

An der Wand lehnte eine in braunes Packpapier gewickelte Leinwand.

Er gab sie ihr. »Ein Geschenk für Sie.«

»Für mich?« Sie riss das braune Papier auf und wickelte das Bild aus. Es waren Kirschblüten an den knorrigen Zweigen eines verkrüppelten Baumes. Etliche Blütenblätter waren wie Schneeflocken auf die schwarze Erde gefallen. Der Himmel war ein eisiges Blau. Sie wischte die Tränen mit dem Mantelärmel ab. Warum waren die wichtigen Dinge in ihrem Leben immer in braunes Packpapier gewickelt?

»Woher haben Sie das Bild?«

»Ich habe es über das Internet gekauft.«

»Wie teuer?«

»Fünftausend.«

»Cent?«

»Euro.«

»Ach ja!«

»Auf dem Rahmen steht *Debussy: La Mer* und *19. Januar 2009*. An diesem Tag haben Sie vermutlich das Bild gemalt.«

»Ja. Ich erinnere mich, dass ich das Datum auf den Rahmen geschrieben habe, nachdem ich Ihnen das erste Mal begegnet war. Vor knapp einem Jahr.«

»Und was bedeutet die Musik?«

»Debussy hat mich geführt. Oder besser, ich habe mich von ihm führen lassen.«

»Das Bild mit den blauen Flaschen hätte ich auch gern gehabt, aber es war schon verkauft. Das wären wunderbare Schuppen für Kajador geworden.«

Natalie holte die drei blauen Scherben aus der Manteltasche und hielt sie ihm hin.

»Nein, das sind Ihre Wünsche.« Er drückte mit beiden Händen ihre Finger um das blaue Seeglas.

»Ein Zimmer ist noch übrig.« Er zog sie in das Zimmer am Ende des Flurs.

Auf den Dielen lag nur eine große Matratze mit einem weißen Laken und mit weißem Leinen bezogene Decken und Kissen. Weiß. *Das Schweigen vor der Geburt.*

Er pustete ihr eine Strähne aus dem Gesicht. »Darf ich Sie küssen?«

»Ja.«

Behutsam legte er ihr die Hände um den Hals. Dann drückte er mit beiden Daumen ihr Kinn hoch und küsste sie.

Ihre Augen fielen zu.

Seine Zunge spielte mit ihren Lippen.

Nach einer Weile löste er sich von ihr.

Sie öffnete die Augen.

Er streifte ihr den Mantel ab und ließ ihn auf den Boden fallen. Danach zog er den Mantel aus und warf ihn auf ihren.

Und dann ließen sie sich auf die Matratze fallen.

Natalie schob noch schnell die drei blauen Scherben unters Kissen.

*

»Und wenn Sie mich nicht gefunden hätten?«, fragte Natalie.

»Jeder hinterlässt Spuren. Irgendwann hätte ich Sie gefunden. Ich kannte immerhin Ihren Namen.« Er lachte.

»Warum lachen Sie?«

»Ich erinnere mich gerade an eine Karikatur von Loriot: Eine nackte Frau kniet im Bett über einem nackten Mann. Darunter steht, glaube ich, *Lesen Sie gern? Gehen Sie gern ins Theater?*«

Natalie lachte auch. Dann kniete sie sich über ihn. »Und! Lesen Sie gern? Gehen Sie gern ins Theater?«

»Ja. Und Sie?«

»Ich auch. Aber vorher muss ich dringend etwas anderes tun.«

»Was musst du denn so dringend tun?«

Natalie ließ sich auf die Matratze fallen. »Einfach nur bleiben.«

*Weitere Titel*

Wie Schriftsteller in der Seele fischen
Schreiben.
Ein Koffer voller Tränen
Zehn Kaffeebohnen

*

*www.christiane-schünemann.de*

ISBN 978-3-7418-5495-8
00037
9 783741 854958
www.epubli.de